일반적이지
않은
독자

이 도서의 국립중앙도서관 출판예정도서목록(CIP)은
서지정보유통지원시스템 홈페이지(http://seoji.nl.go.kr)와
국가자료종합목록 구축시스템(http://kolis-net.nl.go.kr)에서 이용하실 수 있습니다.
(CIP제어번호: CIP2010002395)

일반적이지 않은 독자

The Uncommon Reader

앨런 베넷 장편소설 | 조동섭 옮김

문학동네

차례

윈저 성에서 국빈 연회가 열린 저녁, 프랑스 대통령이 여왕 옆에 자리를 잡고 그 뒤로 왕족들이 서 있었다. 행렬은 서서히 워털루 실로 움직였다.

여왕은 프랑스 대통령과 함께 좌우로 미소를 보내며 많은 유명인사들 곁을 유유히 지나가면서 말했다.

"이제야 단둘이 이야기를 나눌 수 있게 되었네요. 여쭐 기회가 생기기를 계속 기다리고 있었거든요. 장 주네가 궁금해서요."

"아." 프랑스 대통령이 말했다. "위(네)."

프랑스 국가와 영국 국가 때문에 잠시 행렬이 멈추었지만, 여왕은 자리에 앉은 다음 프랑스 대통령 쪽으로 고개를 돌리고 이야기를 계속했다.

"동성애자에다 전과자였으니, 역시 알려진 것처럼 나쁜 사람이었나요? 아니, 더 정확히 말하자면……" 여왕은 수프 스푼을 들었다가 말을 이었다. "알려진 것만큼 뛰어난 사람이었나요?"

대머리 극작가 겸 소설가에 대해서는 브리핑을 받은 적이 없었던 프랑스 대통령은 다급하게 주위를 둘러보며 프랑스 문화부장관을 찾았다. 그러나 문화부장관은 캔터베리 대주교와 이야기를 나누고 있었다.

여왕이 다시 말했다. "장 주네……" 그리고 도움이 되려는 듯 이렇게 덧붙였다. "부 르 코네세(그 사람을 아세요)?"

"비앵 쉬르(당연하죠)." 프랑스 대통령이 대답했다.

"일 맹테레스(그 사람에게 관심 있어요)." 여왕이 말했다.

"브레망(그러세요)?" 대통령이 스푼을 내려놓았다. 힘든 저녁이 될 듯했다.

개들 때문이었다. 개들은 윗사람에게는 아부하고 아랫사람에게는 거들먹거리기를 좋아했다. 그래서 정원에 나갔을 때에는 하인이 너그럽게 문을 열어주는 정문 계단으로 곧장 올라가곤 했다. 하지만 오늘, 무슨 이유에서인지 개들이 테라스 주위를 바쁘게 오가며 정신없이 짖고, 다시 계단 아래로 허겁지겁 내달리더니 건물을 따라 모퉁이 끝까지 갔다. 개가 마당에 있는 무엇을 향해 사납게 짖어대는 소리가 여왕의 귀에까지 들렸다.

웨스트민스터 시영 이동도서관이었다. 주방 여러 문 가운데 하나의 바깥쪽, 쓰레기통들 옆에 이삿짐 운반차 같은 커다란 밴이 서 있었다. 이동도서관이 궁 소속이 아니라는 것은 여왕도 잘 알고 있었고, 거기서 이동도서관을 본 적도 분명히 없었으며, 시끄럽게 짖는 것으로 미루어 개들도 이동도서관을 본 적이 없는 것 같았다. 개들을 진정시키려 했지만 소용없자, 여왕은 사과하기 위해 밴으로 들어가는 자그마한 계단을 올라갔다.

운전사는 등을 돌리고 앉아 책에 라벨을 붙이고 있었고, 마른 생강 같은 머리카락 색의 청년이 흰 오버올을 입고 통로에 쪼그려 앉아 책을 읽고 있었다. 책을 보고 있는 사람은 그 청년뿐인 듯싶었다. 운전사도 청년도 새로운 사람에게는 전혀 신경을 쓰지 않았다. 그래서 여왕은 헛기침을 하고 입을 열었다. "이렇게 시끄럽게 소란을 피워서 미안하군요." 그 말에 운전사가 황급히 일어났고, 그 바람에 참고문헌 서가에 머리를 부딪었다. 통로에 있던 청년은 힘들게 일어서느라 '사진과 패션' 서가를 흐트러뜨렸다.

여왕은 차 문 밖으로 고개를 내밀었다. "이 어리석은 짐승들. 이제 조용히 해."

그사이에 운전사 겸 사서는 몸을 추슬렀고, 청년은 책을 주울 수 있었다. 여왕의 행동은 두 사람을 위한 배려였다.

"짐은 여기서 그대를 본 적이 없는데, 이름이……"

"허칭스입니다, 폐하. 수요일마다 옵니다."

"그래? 전혀 몰랐군. 멀리서 오나?"

"아닙니다. 웨스트민스터에서 옵니다."

"그럼, 그쪽은……?"

"노먼입니다, 폐하. 노먼 시킨스입니다."

"어디서 일하나?"

"주방에서 일합니다."

"아, 책 읽을 시간은 많은가?"

"그렇지는 않습니다."

"나도 그래. 하지만 여기 온 이상, 한 권은 빌려야겠군."

허칭스가 맞장구치듯 미소를 지었다.

"추천할 책이 있나?"

"폐하께서는 어떤 책을 좋아하십니까?"

여왕은 망설였다. 솔직히 말하자면, 여왕 자신도 잘 몰랐다. 책을 읽는 데에 큰 관심을 둔 적이 없었다. 물론 누구나처럼 책

을 읽었다. 그러나 책을 좋아하는 일은 다른 사람에게 양보했다. 책 읽기는 취미인데, 취미를 갖지 않는 것이 여왕이 갖추어야 할 본분이었다. 조깅, 장미 키우기, 체스, 암벽 등반, 케이크 장식, 모형 비행기. 어림없다. 취미에는 기호가 끼어들고, 기호는 피해야 했다. 기호에는 배척되는 사람이 있다. 여왕은 기호가 없어야 한다. 관심을 가져야 하지만, 스스로 어디에 관심을 쏟아서는 안 된다. 게다가 책 읽기는 실천적 행위가 아니었다. 여왕은 실천가였다. 여왕은 책으로 빼곡한 밴을 둘러보며 시간을 벌었다.

"짐이 책을 빌릴 수 있나? 짐은 표도 없는데?"

"괜찮습니다." 허칭스가 말했다.

"짐은 나라의 녹봉을 받는 사람이야." 그렇다 한들 달라질 것도 없었지만, 그래도 여왕은 그렇게 말했다.

"폐하께서는 여섯 권까지 빌리실 수 있습니다."

"여섯 권? 세상에나!"

그사이, 생강색 머리카락 청년은 책을 골라 사서에게 도장을 받으려 내밀었다. 아직도 시간을 벌고 있던 여왕은 청년의 책을 집었다.

"시킨스 군, 자네는 무엇을 빌렸나?" 여왕은 자신이 무엇을 예상했는지 확실히 모르면서도, 그 책이 무엇인지 예상할 수 있다고 생각하며 물었다. 그러나 여왕의 예상은 빗나갔다. "아, 세실 비턴. 이 사람을 아는가?"

"아닙니다, 폐하."

"아, 당연히 모르겠군. 자네는 너무 젊으니까. 세실 비턴은 여기 자주 오곤 했어. 날쌔게 돌아다녔지. 좀 다루기 힘든 사람이라고나 할까. 여기 서 있는가 하면 저기 서 있고. 왔다갔다. 그런데 이제 그 사람에 관한 책이 있단 말이지?"

"몇 권 있습니다, 폐하."

"그래? 조만간 세상 사람 하나하나에 관한 책이 다 나오겠군."

여왕은 책장을 훌훌 넘겼다. "어딘가 내 사진이 있을 텐데. 아, 그래. 이거야. 물론 사진만 찍지는 않았지. 무대와 의상 디자인도 했어. 〈오클라호마〉 같은 것."

"폐하, 〈마이 페어 레이디〉였던 것 같습니다."

"아, 그래?" 반대 의견을 듣는 데 익숙하지 않은 여왕이 말했다.

여왕은 청년의 커다란 붉은 손에 책을 도로 놓으며 물었다. "어디에서 일한다고 했지?"

"주방입니다, 폐하."

여왕은 아직도 자기 문제를 해결하지 못하고 있었다. 책 한 권 빌리지 않고 그곳을 나가면 허칭스가 도서관을 부족하다고 여길 거라는 것도 알고 있었다. 그때 조금 더 낡아 보이는 책들이 꽂힌 선반에서 기억나는 이름을 발견했다. "아이비 콤프턴버넷! 저 책을 읽으면 되겠군." 여왕은 책을 꺼내서 도장을 받으려고 허칭스에게 내밀었다.

"이런 멋진 선물이 있나!" 여왕은 꾸민 티가 역력하게 책을 껴안은 뒤, 책장을 열었다. "아, 마지막으로 대출된 것이 1989년이군."

"인기 있는 작가는 아닙니다, 폐하."

"왜 그런지 모르겠군. 내가 작위를 주었는데."

허칭스는 작위가 반드시 대중의 관심을 받는 길이 되지는 않는다는 말을 입 밖에 낼 수 없었다.

여왕은 표지 뒤에 있는 사진을 들여다보았다. "그래, 저 머리 모양도 기억나. 파이 크러스트처럼 얼굴 주위를 둥글게 말고 있었지." 여왕이 미소 짓자, 허칭스는 이제 헤어질 시간임을 알아챘다. "잘 있게."

허칭스는 고개 숙여 인사했다. 도서관 사람들이 허칭스에게 언젠가 이런 일이 생기면 그렇게 해야 한다고 일러준 적이 있었다. 여왕은 다시 미친 듯이 짖는 개들과 함께 정원 쪽으로 갔다. 노먼은 세실 비턴 책을 가슴에 품고, 쓰레기통 옆에서 빈들

대며 담배를 피우는 요리사 눈을 피해 주방으로 돌아갔다.

　이동도서관을 정리하고 밴을 몰고 가면서, 허칭스는 아이비 콤프턴버넷이 쓴 소설이 쉬이 읽히지 않던 것을 떠올렸다. 그 작가의 소설을 끝까지 읽은 적이 없었다. 여왕이 책을 빌린 것은 그저 예의를 차린 행동이었다고 생각했다. 맞는 생각이었다. 그래도 허칭스는 여왕의 행동을 고맙게 여겼다. 단순히 존경심에서 고맙게 여긴 것만은 아니었다. 시 의회에서는 도서관 예산을 줄이겠다고 늘 으름장을 놓았는데, 그렇게 특별한 대출자(혹은 의회에서 부르는 대로 하자면 고객)가 후원하면 허칭스에게 해가 될 것은 없었다.

　그날 저녁, 여왕이 남편에게 말했다. "이동도서관이 수요일마다 궁에 와요."

　"세상에나. 놀랄 일은 끝이 없군요."

　"〈오클라호마〉 기억나요?"

　"그럼요. 약혼한 뒤에 봤잖아요." 지금 모습으로는 상상이 잘 안 되지만, 당시 공작은 매력적인 금발 청년이었다.

　"세실 비턴이었죠?" 여왕이 물었다.

　"모르겠네요. 그 사람을 좋아한 적이 없어서요. 초록색 구두라니."

　"냄새가 좋았어요."

"그건 뭐예요?"

"책이에요. 대출했어요."

"죽었을 거예요, 아마."

"누구요?"

"그 비턴 말이에요."

"아, 네. 누구나 죽죠."

"그래도 좋은 공연이었어요."

여왕이 책을 펴는 동안, 남편은 뚱하게 〈Oh, what a beautiful morning〉*을 부르며 침대로 사라졌다.

다음주, 여왕은 책을 시녀에게 들려서 돌려보낼 생각이었지만, 비서관에게 붙잡혀 필요하다고 생각한 것보다 훨씬 더 자세히 일정을 검토해야 했다. 도로 연구소 시찰을 의논할 때가 되어서야 여왕은 수요일이라 이동도서관에 책을 바꾸러 가야 한다고 갑자기 똑 부러지게 말했고, 비로소 이야기를 멈출 수 있었다. 여왕의 비서관인 케빈 스캣차드 경은 지나치게 꼼꼼한 뉴질랜드 사람으로, 많은 기대를 받고 있었다. 케빈 경은 혼자

* 뮤지컬 〈오클라호마〉에 나오는 노래.

남아 서류를 챙기면서 여왕이 전용 도서관도 대여섯 곳이나 두고 있으면서 왜 이동도서관을 찾는지 의아하게 생각했다.

개들이 없으니 이번 방문은 조금 더 조용했지만, 이번에도 책을 빌리러 온 사람은 노먼뿐이었다.

"어떠셨습니까, 폐하?" 허칭스가 물었다.

"아이비 경? 좀 딱딱해. 그렇지만 누구나 말을 할 때는 딱딱하지. 그렇지 않은가?"

"솔직히 말씀드리자면, 저는 몇 장 이상 넘긴 적이 없습니다. 폐하께서는 얼마나 읽으셨습니까?"

"아, 끝까지. 나는 시작한 책은 다 읽는다네. 어릴 때부터 그렇게 교육을 받았지. 책, 버터 바른 빵, 매시트포테이토. 제 몫은 다 처리해라. 그게 늘 내 철학이야."

"책을 반납하지 않으셔도 됩니다. 규모를 줄이고 있어서 선반에 있는 책들은 모두 무료입니다."

"내가 가져도 된다는 말인가?" 여왕은 책을 끌어안았다. "오길 잘했군. 시킨스 군, 반갑네. 세실 비턴에 대해서 더 읽으려고?"

노먼은 보고 있던 책을 여왕에게 보여주었다. 이번에는 데이비드 호크니에 관한 책이었다. 여왕은 그 책을 훌훌 넘기면서, 캘리포니아 수영장에서 나오거나 흐트러진 침대에 함께 누워 있는 젊은 남자들의 엉덩이를 동요 없이 바라보았다.

"어떤 작품은……" 여왕이 말했다. "어떤 작품은 제대로 완성된 것 같지 않군. 이 작품은 물감이 번진 게 틀림없어."

"제 생각에는 그게 당시 호크니의 스타일인 것 같습니다." 노먼이 말했다. "실제로 호크니는 데생 실력이 아주 뛰어났습니다."

여왕이 노먼을 다시 바라보았다. "주방에서 일한다고?"

"예, 폐하."

여왕은 책을 정말 또 빌릴 생각은 아니었지만, 여기에 온 이상 빌리지 않는 것보다 빌리는 것이 더 쉽겠다고 판단했다. 하지만 무슨 책을 골라야 할지 생각하자, 지난주처럼 막막했다. 사실 여왕은 책을 정말이지 전혀 원하지 않았으며, 다 읽기에 너무 힘들었던 아이비 콤프턴버넷의 책을 또 빌리는 것은 확실히 싫었다. 따라서 여왕의 시선이 재발간된 낸시 미트퍼드*의 『사랑의 추구』**에 머물게 된 건 다행이었다. 여왕은 그 책을 집었다. "이거로군. 이 사람 여동생이 모슬리 가(家) 사람과 결혼하지 않았나?"***

---

* 영국과 프랑스의 상류층을 다룬 소설들로 유명하며, 전기와 에세이 작가로도 명성을 얻었다.
** 1, 2차 대전 시기를 배경으로 상류층 가족의 이야기를 다룬 1945년작 소설.

허칭스는 맞는 것 같다고 대답했다.

"그리고 또다른 여동생의 시어머니가 우리 왕실의 여관장이었지?"

"저는 모릅니다, 폐하."

"그리고 히틀러에게 휘둘린 좀 안된 여동생도 있고. 또 한 여동생은 공산주의자가 되었지. 그러고도 여동생이 또 있는 것 같던데. 어쨌거나 이 사람은 낸시 미트퍼드지?"

"예, 폐하."

"좋군."

이렇게 연관이 많은 소설을 만나는 건 드문 일이었고, 그만큼 여왕은 안심이 되었다. 그래서 이번에는 어느 정도 자신 있게 허칭스에게 도장을 받으려고 책을 내밀었다.

『사랑의 추구』는 다행스러운 선택이었으며, 나름대로 중대한 선택이었다. 여왕이 시시한 책으로, 가령 조지 엘리엇의 초기작이나 헨리 제임스의 후기작으로 갔다면, 독서를 막 시작한 초보자인 여왕은 책을 영원히 멀리했을 것이다. 그러면 이 책은 더이상 할 이야기도 없었겠지. 여왕은 책 읽기가 노동이라

*** 낸시 미트퍼드의 여동생 다이애나 미트퍼드는 영국 파시스트 연맹의 리더였던 오즈월드 모슬리와 결혼했으며, 결혼식에 히틀러도 참석한 바 있다.

고 생각했을 것이다.

하지만 여왕은 곧 그 책에 완전히 마음을 빼앗겼다. 그날 밤 공작은 뜨거운 물주머니를 꼭 안은 채 여왕의 침실 앞을 지나다가 여왕이 크게 웃는 소리를 듣고, 문으로 고개를 들이밀었다. "여보, 괜찮아요?"

"그럼요. 책 읽는 중이에요."

"또?" 공작은 고개를 가로저으며 지나갔다.

이튿날 아침 여왕은 코를 조금 훌쩍였고, 마침 아무 일정이 없었으므로 독감에 걸린 것 같다며 침대에 누워 있었다. 이는 평소와 다른 모습이었고, 사실도 아니었다. 실은 책을 계속 읽으려는 핑계였다.

영국 국민들은 '여왕이 가벼운 감기에 걸렸다'는 말을 들었지만, 그들이 듣지 못한 것 그리고 여왕 자신도 몰랐던 것이 있었다. 그건 바로 이 일이 여왕이 독서 때문에 집에 머무르는, 때로는 꽤 오래 머무르는 일들의 첫출발이었다는 사실이다.

이튿날 여왕은 비서관과 늘 하던 일을 하고 있었다. 나온 의제는 요즘 '인적 자원'이라 불리는 것이었다.

"내가 한창때만 해도 이런 일은 '인사'라고 불렀다네." 여왕이 비서관에게 말했다. 하지만 사실은 그렇지 않았다. '하인 관리'라고 불렀다. 여왕은 비서관이 반응할 것을 알고, 이 말에

대해서도 언급했다.

"오해를 받으실 수도 있습니다. 폐하께서는 대중이 기분 상할 빌미를 주셔서는 안 됩니다. '하인 관리'는 의미가 잘못 전달될 수도 있습니다."

"인적 자원이라는 말은 아무 의미도 없네. 적어도 나한테는. 어쨌거나 인적 자원이라는 주제가 나왔으니 말인데, 지금 주방에서 일하는 인적 자원 중에 진급시키고 싶은 사람이 있어. 진급이 아니더라도 여하튼 위층으로 데려오고 싶다네."

케빈 경은 노먼 시킨스가 누구인지 전혀 몰랐고, 몇몇 직원에게 물은 뒤에야 결국 노먼을 찾아냈다.

"애당초 그 사람이 주방에서 뭘 하고 있는지 이해가 안 돼. 분명히 지적 능력이 있는 젊은이거든." 여왕이 말했다.

"그렇게 똑똑하지는 않아요. 깡마르고, 머리카락은 생강색이죠. 다시 한번 생각해보세요." 시종무관은 이렇게 말했다. 여왕이 아니라 여왕 비서관에게 한 말이기는 하지만.

"폐하의 마음에 들었나봐요. 폐하께서 위층으로 올려 보내라고 하십니다." 케빈 경이 말했다.

그래서 노먼은 자기도 모르는 새 설거지에서 해방되어 시종 제복을 갖춰 입고(쉽지만은 않았다) 대기하게 되었다. 그의 첫 번째 일은 짐작하다시피 도서관과 관련된 것이었다.

다음 수요일에 시간이 없었던 여왕은(너니턴에서 체조 경기가 있었다) 노먼에게 낸시 미트퍼드의 책을 반납하라고 주었고, 분명 속편이 있을 텐데 그것도 읽고 싶으며, 그것 말고도 자기가 좋아할 만한 책을 뭐든 빌려 오라고 말했다.

노먼은 이 임무에 조금 긴장했다. 어느 정도까지는 독서를 많이 했다고 할 수 있지만 대부분 독학이었고, 노먼의 독서는 지은이가 게이인가 아닌가에 따라서 결정되는 경향이 있었다. 그것도 꽤 폭넓은 독서였지만, 그래도 그 때문에 폭이 조금 좁아지기는 했으며, 다른 사람에게 책을 골라줄 때에는 특히 더 심했다. 더구나 그 다른 사람이 여왕인 경우에는.

허칭스도 그리 큰 도움이 되지는 못했지만, 여왕 폐하가 개를 소재로 한 책에는 관심을 갖지 않겠느냐는 말을 던졌다. 노먼은 읽은 책 가운데 그 조건에 부합할 만한 것을 떠올렸다. J. R. 애컬리의 소설 『나의 개 튤립』이었다. 허칭스는 괜찮을지 염려하며 그 책이 게이 책이라고 지적했다.

"그래요? 저는 몰랐어요. 여왕 폐하께서는 개 이야기라고 생각하시겠죠." 노먼이 꾸밈없이 말했다.

노먼은 책들을 가지고 여왕이 있는 층으로 올라갔다. 가능한 한 사람들 앞에 모습을 드러내지 말라는 명이 있었으므로, 공작이 들렀을 때에는 상감 세공 장식장 뒤에 숨었다.

"오늘 오후에 아주 특이한 사람을 봤어요." 공작이 나중에 여왕에게 이야기했다. "생강 막대기 시종."

"노먼일 거예요. 이동도서관에서 만났죠. 전에는 주방에서 일했어요." 여왕이 대답했다.

"주방에 있었던 이유를 알겠네요."

"아주 똑똑해요."

"안 그러면 곤란하겠죠. 그렇게 생겼으니." 공작이 말했다.

"튤립이라." 나중에 여왕이 노먼에게 말했다. "개 이름치고는 재미있네."

"폐하, 그 책은 소설인 양 쓰인 것입니다. 지은이가 독일 셰퍼드를 키웠습니다." (그 개 이름이 퀴니라는 말은 여왕에게 하지 않았다.) "그러므로 사실은 소설을 가장한 자서전입니다."

"저런. 왜 그래야 했지?"

노먼은 책을 읽으면 여왕도 자연히 이유를 알게 되리라 생각했지만, 그렇게 대답하지는 않았다.

"지은이의 친구들은 아무도 그 개를 좋아하지 않았답니다, 폐하."

"짐도 그 기분을 아주 잘 알지." 여왕이 말했다. 사람들 대부분이 왕실 개들을 좋아하지 않았으므로 노먼도 진지하게 고개를 끄덕였다. 여왕은 빙긋이 웃었다. 노먼 같은 사람을 알게 되다니. 여왕은 자신이 위압적이고 사람들 기를 못 펴게 한다는 것을, 그래서 자신 앞에서 솔직하게 행동하는 하인이 드물다는 것을 알고 있었다. 노먼은 별스럽기는 해도 늘 솔직했고 거짓을 꾸밀 능력이 아예 없는 듯했다. 아주 드문 일이었다.

그러나 노먼이 왜 여왕 앞에서 기죽지 않는지 그 이유를 알았다면, 여왕의 즐거움은 덜했을 것이다. 노먼이 보기에 여왕은 나이가 너무 많았고, 왕이라는 신분보다 그 나이가 더 크게 보였다. 여왕은 왕이기도 했지만 한 사람의 노인이기도 했다. 노먼은 처음 사회에 발을 내디뎠을 때 타인사이드*의 양로원에서 일을 시작했으므로 노인에게 전혀 두려움을 느끼지 않았다. 노먼에게 여왕은 고용주였지만, 노먼은 여왕의 지위보다 그 나이 때문에 여왕을 참을성 있게 대할 수 있었다. 나이와 지위, 두 가지 모두 비위를 잘 맞추어야 할 특질이 아닐 수 없었다. 이것은, 여왕이 사실 얼마나 날카롭고 얼마나 인생을 허비하며 살았는지 노먼이 채 깨닫기 전의 일이었다.

여왕은 또한 심하게 틀에 박힌 사람이어서, 처음 책을 읽기 시작했을 때 책 읽는 시간의 적어도 일부는 그 목적으로 따로 정해진 장소, 이름하여 도서관에서 읽어야 하지 않을까 생각했

* 잉글랜드 북부의 복합 도시.

다. 책들이 실제로 꽂혀 있고 명칭도 도서관이라 불리는 곳이 있었지만, 책을 읽는다 해도 그곳에서 읽은 적은 거의 없었다. 그곳은 일들이 최종적으로 마무리되던 곳이었다. 기도서들이 편찬되고 결혼 서약이 작성되던 곳이었다. 그러나 고개를 숙이고 책을 읽을 사람이라면 갈 곳이 아니었다. 개방형 서가라고는 하나, 책들은 잠긴 금도금 창살 뒤에 들어박혀 있으니 읽을 책에 손을 대기도 쉽지 않았다. 책들 대다수가 값을 매길 수 없을 만큼 비싼 것도 기를 꺾는 또다른 요소였다. 아니, 독서를 해야 한다면, 독서만을 위해 독립된 장소가 아닌 곳이 더 좋았다. 여왕은 거기에도 교훈이 있을 것이라고 생각하고 위층으로 다시 올라갔다.

낸시 미트퍼드가 쓴 속편 『추운 기후의 사랑』을 다 읽은 여왕은 미트퍼드가 쓴 작품들이 더 있다는 것을 알고 기뻐했다. 몇 권은 역사서 같았지만, 그래도 여왕은 책상 위의 독서 목록(새로 독서 목록도 만들었다)에 책 제목들을 다 써 넣었다.

한편 여왕은 노먼이 고른 J. R. 애컬리의 『나의 개 튤립』을 시작했다. (이 작가를 만난 적이 있던가? 없는 것 같았다.) 그 책에서 마음에 든 것은, 노먼이 말했듯 제목의 그 개가 자신의 개들보다 번잡스럽고 그만큼 인기가 없어 보였던 것뿐이다. 여왕은 애컬리가 자서전도 썼다는 것을 확인하고, 노먼에게 런던 도서관으로 가서 그 책을 빌려 오라고 했다. 여왕은 런던 도서관의 후원자였지만 그곳에 발을 들여놓은 적이 거의 없으며, 노먼도 마찬가지였다. 그러나 노먼은 런던 도서관의 너무도 예스러운 모습을 보고는 감탄과 흥분에 휩싸여 돌아와서, 책에서만 읽었고 과거의 것으로만 생각해왔던 그런 도서관이 실제로 존재한다고 말했다. 자신이 (혹은 여왕 폐하가) 이 책들을 마음대로 빌릴 수 있다는 생각에 경탄하며 미로 같은 서가를 돌아다녔다는 것이다. 노먼의 열광은 전염성이 아주 강해서, 여왕은 다음번에 노먼과 같이 도서관에 가겠다는 생각까지 품게 됐다.

여왕은 애컬리 자신이 직접 쓴 애컬리의 생애를 읽었다. 동성애자이면서 BBC에서 일한 것을 알고도 놀라지 않았지만, 애컬리의 삶을 애달프게 여기기는 했다. 애컬리의 개에 호기심을 느꼈지만, 개에 관해서 거의 수의사 같은 지식을 갖춘 여왕으로서는 애컬리가 개를 그처럼 버릇없이 키운 것에 당황하지 않을 수 없었다. 또한 여왕이 보기에도 왕실 근위병들이 헐값에 기꺼이 몸을 던질 것 같았고, 그런 생각이 들자 놀랐다.* 그 점

---

* 애컬리의 자서전 『아버지와 나』에는 선원과 근위병에게 돈을 주고 육체관계를 맺는 이야기가 자세히 묘사된다.

에 관해 더 알고 싶었고 근위대에 있는 시종무관도 있었지만, 물어볼 엄두는 나지 않았다.

책에는 E. M. 포스터도 등장했다. 포스터에게 명예 훈작을 수여할 때 삼십 분 동안 어색한 시간을 보낸 일이 떠올랐다. 포스터는 수줍음이 많고 쥐처럼 생긴 사람으로 말이 거의 없었고, 목소리도 너무 작아서 대화를 나누기가 거의 불가능했다. 게다가 포스터는 속을 알 수 없는 사람이기도 했다. 『이상한 나라의 앨리스』에서 나온 인물처럼 양손을 포갠 채 가만히 앉아서 무슨 생각을 하는지 전혀 드러내지 않았다. 그래서 여왕은 포스터의 전기에서, 포스터가 '여왕이 남자였다면 사랑에 빠졌을 것'이라고 말한 대목을 읽고 놀라면서도 즐거웠다.

당연히 포스터는 여왕의 면전에서 그 말을 실제로 할 수 있는 사람이 아니었다. 이 점은 여왕도 잘 알고 있었다. 그러나 독서를 더 많이 할수록 여왕은 자신이 사람들을 움츠러들게 한 것이 후회스러웠고 몇몇 작가들이 나중에 글로 적은 바를 자기 앞에서 말할 용기가 있었더라면 하고 바랐다. 또한 여왕은 어떤 책을 읽으면 그 책이 길잡이가 되어 다른 책으로 이끈다는 것도 깨닫게 되었다. 고개를 돌리는 곳마다 문들이 계속 열렸고, 바라는 만큼 책을 읽기에는 하루가 너무 짧았다.

그러나 자신이 놓친 많은 기회에 후회와 억울함도 있었다.

여왕은 어릴 적, 존 메이스필드와 월터 존 데라메어도 만났다. 그 사람들에게는 그리 할 말이 없었지만, T. S. 엘리엇도 만났고, 프리슬리와 필립 라킨, 테드 휴스도 있었다. 여왕은 이 사람들에게 조금 반했지만, 그 사람들은 여왕 앞에서 안절부절못하기만 했다. 당시 여왕은 그 사람들이 쓴 것을 거의 읽지 않았으므로 이야깃거리를 찾을 수 없었고, 물론 그 사람들도 여왕의 흥미를 끌 만한 이야기는 별로 하지 않았다. 그런 낭비가 있었다니.

여왕은 그 이야기를 케빈 경에게 하는 실수를 저질렀다.

"그렇지만 틀림없이 브리핑을 받으셨을 텐데요?"

"물론 그랬지. 그렇지만 브리핑은 독서가 아니야. 사실, 브리핑은 독서와는 정반대지. 브리핑은 간단하고 사실에 입각한 것이고, 요점만 추린 것이야. 반면 독서는 자유롭고 광범위하고 쉴새없이 마음을 끌어. 브리핑은 대상을 축소시켜 가두지만, 독서는 대상을 활짝 열어놓지."

"구두공장 방문 일정 이야기로 돌아가도 되겠습니까?" 케빈 경이 말했다.

"다음에." 여왕이 딱 잘라 말했다. "내가 아까 책을 어디에 뒀더라?"

책 읽는 즐거움을 발견한 뒤로 여왕은 그 즐거움을 전파하려 애썼다.

"서머스, 자네는 읽고 있나?" 노샘프턴으로 가는 길에 여왕이 운전사에게 물었다.

"읽는다니요, 폐하?"

"책 말이야."

"기회가 있으면요. 시간이 통 나질 않습니다."

"사람들은 흔히 그렇게 말하지. 시간이란 만들어야 하는 거라네. 오늘 아침을 생각해봐. 자네는 나를 기다리느라 시청 바깥에 앉아 있었을 것 아닌가. 그때 책을 읽을 수 있잖아."

"폐하, 저는 자동차를 지켜야 합니다. 여기는 미들랜드입니다. 기물 파괴가 만연한 곳이죠."

서머스는 여왕을 주지사의 손까지 무사히 모신 뒤, 예방 차원에서 자동차 주위를 한 바퀴 돌고 운전석에 앉았다. 읽는다고? 물론 서머스도 읽는다. 누구나 다 읽는다. 서머스는 조수석 사물함을 열어서 〈선〉 지*를 꺼냈다.

다른 사람들은, 특히 노먼은 여왕의 말에 조금 더 귀를 기울

---

* 스타와 연예계 소식, 가십 등을 주로 다루는 영국의 대중신문.

였고, 여왕은 자신의 부족한 독서량이나 문화적 소양을 노먼에게는 전혀 숨기려 들지 않았다.

"짐이 말이지……" 어느 오후, 여왕은 자신의 서재에서 노먼과 함께 책을 읽다가 입을 열었다. "짐이 말이지, 정말 뛰어날수 있었던 영역이 있다는 거, 자네 아나?"

"뭔가요, 폐하?"

"퀴즈야. 짐은 온갖 곳에 다 다녔고 온갖 것을 다 보았어. 팝뮤직과 스포츠에는 조금 약할지 모르지만, 가령 짐바브웨 수도나 뉴사우스웨일스 최고의 수출품 같은 문제는 다 짐의 손바닥안에 있지."

"팝뮤직 문제는 제가 풀 수 있습니다." 노먼이 말했다.

"그래. 멋진 팀이 되었을 텐데. 뭐, 별수 없지. 가지 않은 길. 그게 누구지?"

"누구 말씀이십니까, 폐하?"

"가지 않은 길. 찾아봐."

노먼은 『인용구 사전』을 펼쳐서 로버트 프로스트를 찾았다.

"자네에게 딱 맞는 말을 알아." 여왕이 말했다.

"예?"

"자네는 심부름을 하고, 도서관에 내 책을 가져가고, 사전에서 까다로운 단어들을 찾고, 인용구도 찾아주지. 자네 일을 뭐라고 하는지 아나?"

"예전에는 주방 잡부였습니다, 폐하."

"자, 이제는 주방 잡부가 아니야. 자네는 내 필생(筆生)이야."

노먼은 이제 여왕이 늘 책상 위에 두는 사전에서 '필생'이라는 단어를 찾았다. '사자생. 글씨를 베끼어 써주는 일을 직업으로 하는 사람. 필경을 하는 사람.'

새 필생은 여왕 집무실 가까운 곳 복도에 의자를 두었다. 여왕에게 불려가거나 심부름을 가 있지 않을 때면, 노먼은 그 의자에 앉아서 책을 읽었다. 노먼의 입장에서는 다른 시종들에 비해 전혀 수월한 일이 아니었지만, 다른 시종들은 노먼이 편하게 돈을 벌고 있으며 그럴 만한 자격도 없다고 생각했다. 가끔 지나가던 시종무관이 걸음을 멈추고 책을 읽는 것 말고 달리 더 나은 일이 없느냐고 묻기도 했다. 처음에는 노먼도 맥맥하기만 했다. 그러나 요즘에는 여왕 폐하를 위해서 읽고 있다고 대답했다. 그 대답은 사실일 때도 많았지만, 노먼이 흡족할 만큼 시종무관의 심기를 건드리기도 했다. 그러면 시종무관은 언짢아하며 사라지기 마련이었다.

이제 책을 점점 더 많이 읽게 된 여왕은 여왕 전용 도서관을 비롯한 여러 도서관에서 책을 가져오고 있었다. 그러나 감상적인 이유로, 그리고 허칭스가 마음에 들어서 여왕은 여전히 가끔 주방 앞의 뜰로 내려가 이동도서관을 후원했다.

그런데 어느 수요일 오후, 이동도서관이 그 자리에 없었다. 그다음 주에도 나타나지 않았다. 그 즉시 노먼이 문제를 해결하러 갔지만, 전반적인 예산 삭감으로 왕궁에는 더이상 방문할 수 없다는 이야기만 들었다. 노먼은 굴하지 않고 핌리코*까지 추적한 뒤 마침내 이동도서관을 찾았다. 그곳 어느 학교 운동장에서 노먼은 허칭스가 여전히 밴 운전석에서 책에 라벨을 붙이고 있는 것을 발견했다. 허칭스는 노먼에게, 자신이 '도서관 복지 부서'에 여왕 폐하가 대출자 중 한 사람이라고 지적했지만, 시 의회에는 먹히지 않았다고 말했다. 이동도서관 왕궁 방문을 없애기에 앞서 왕궁에 문의했지만 왕궁에서 그 문제에 아무 관심을 보이지 않았다는 시 의회의 말도 들었다고 했다.

성난 노먼이 여왕에게 허칭스의 말을 전했지만 여왕은 놀라지 않는 듯했다. 노먼에게는 아무 말도 하지 않았지만, 이른바 왕가의 독서, 적어도 여왕의 독서를 사람들이 못마땅하게 보지 않을까 여왕은 염려하고 있었고, 그 우려가 사실임을 확인할

---

* 런던 중심에 있는 작은 주거 지역.

수 있었다.

이동도서관을 잃은 것은 작은 손실이었지만, 좋은 결과도 하나 있었다. 허칭스가 다음 훈장 수여 명단에 오른 것이었다. 물론 아주 낮은 서열이었지만, 그래도 허칭스가 여왕 개인에게 특별한 사람으로 인정받는 일이었다. 이것 역시 사람들 눈에는 못마땅하게 비쳤다. 케빈 경의 눈에는 특히 그랬다.

뉴질랜드 출신인 케빈 스캣차드 경이 비서관으로 임명된 것은 새로운 시도라 불릴 만한 일이었으므로, 케빈 경은 당연히 언론의 각광을 받았다. 왕실의 지나친 권위와 관례처럼 따라다니는 악명 높은 겉치레들을 쓸어버릴 새로운 일꾼, 새로운 젊은(젊은 축에 드는) 피라고 언론은 환호했다. 이 그림 속에서, 왕가는 미스 해비셤의 결혼 피로연—거미줄이 쳐진 샹들리에, 쥐가 갉아먹은 케이크—이고 케빈 경은 썩은 커튼들을 뜯어서 빛이 들어오게 하는 핍과 다름없었다.* 여왕은 이런 시나리오에 넘어가지 않았다. 여왕 자신도 한때 신선한 숨결이라는 호의적인 평가를 받았기에, 뉴질랜드에서 불어온 이 활기찬 바람이 저절로 자연히 흩어질 것이라고 생각했다. 비서관도 총리와 마찬가지로 왔다가 사라진다고. 케빈 경만 두고 말하자면, 경

---

* 미스 해비셤과 핍은 디킨스의 『위대한 유산』에 나오는 인물이다.

은 눈에 드러날 만큼 성공에 집착하는 사람이었고, 여왕은 경의 발판이 된 기분이었다. 케빈 경은 하버드 경영대학원 졸업생이었고, 공공연하게 밝힌 목표 가운데에는 왕실을 일반 사람들에게 더 다가가기 쉬운 존재로 만들겠다는 것(케빈 경의 표현을 따르자면 '진열장 꾸미기')도 있었다. 버킹엄 궁전을 방문객에게 개방한 것은 이를 위한 한 걸음이었고, 정원을 가끔 클래식 연주회나 팝 공연장으로 사용하는 것도 마찬가지였다. 그러나 독서는 케빈 경의 심기를 불편하게 했다.

"폐하, 독서를 꼭 꼬집어서 엘리트주의라고 할 수는 없지만, 그래도 의미가 잘못 전달될 수 있습니다. 독서에는 배타적인 경향이 있습니다."

"배타적? 사람들 대부분이 분명 책을 읽을 줄 알잖나?"

"읽을 줄은 압니다. 그렇지만 책을 실제로 읽는지는 잘 모르겠습니다."

"그렇다면, 케빈 경, 짐이 사람들의 본보기가 되겠군."

여왕은 상냥한 미소를 지었다.

처음 임명되었을 때나 지금이나 케빈 경은 뉴질랜드 사람 티를 전혀 벗지 못하고 있었지만, 뉴질랜드 억양은 이제 조금밖에 남아 있지 않았다. 여왕은 케빈 경 자신이 뉴질랜드 출신이라는 것에 민감하게 신경 쓴다는 것과 뉴질랜드 출신임을 꼬집히는 것을 싫어한다는 사실을 알고 있었다(노먼이 여왕에게 귀띔해줬다).

케빈 경은 자기 이름에도 예민했다. 그 이름이 싫었다. 이름을 직접 정할 수 있었다면 케빈이라는 이름은 고르지 않았을 것이다. 이름이 싫은 만큼, 여왕이 그 이름을 몇 번 부르는지 마음속으로 세는 일이 점점 많아졌다. 케빈 경은 자기가 이름 때문에 얼마나 자존심이 상하는지 여왕이 알 리 없다고 생각했다.

사실 여왕은 더할 수 없이 잘 알고 있었다(물론 노먼이 귀띔해줬다). 그러나 여왕에게는 사람의 이름이 중요하지 않았다. 옷, 목소리, 계급, 모두가 정말이지 중요하지 않았다. 여왕은 진정한 평등주의자였으며, 그런 사람은 어쩌면 영국에서 여왕 한 사람뿐일지도 몰랐다.

케빈 경이 보기에는 여왕이 자기 이름을 필요 이상으로 자주 부르는 것 같았다. 케빈 경은, 여왕이 그 이름을 부르면서 양떼와 일요일 오후의 땅이자 여왕이 영국연방의 우두머리 자격으로 몇 차례 방문한 적이 있으며 아주 좋아한다고 주장한 나라인 뉴질랜드의 분위기를 그 이름에 불어넣는 게 확실하다고 느낀 적도 몇 번 있었다.

"폐하께서 중심을 잃지 않으시는 것이 중요합니다."

"케빈 경, '중심을 잃지 않는다'는 말은, 한눈팔지 말라는 뜻이겠지. 글쎄, 나는 오십 년 이상 한눈을 팔지 않았으니, 이제는 가끔 그 국경 너머를 흘깃거려도 괜찮다고 생각하네." 여왕은 은유가 조금 엇나갔을지도 모른다고 생각했지만, 케빈 경은 알아차리지 못했다.

"폐하께도 심심풀이가 필요하다는 것은 저도 이해합니다."

"심심풀이? 책은 심심풀이하라고 있는 게 아니라네. 책은 다른 삶, 다른 세상을 다루는 것이야. 심심풀이와는 거리가 멀어. 케빈 경, 짐은 다른 세상을 더 알고 싶을 뿐이야. 짐이 심심풀이를 원했다면 뉴질랜드로 갔겠지."

자기 이름이 두 번, 뉴질랜드가 한 번 언급되자 케빈 경은 상처를 받고 물러났다. 그래도 케빈 경은 요점을 짚었고, 자신이 여왕을 고민에 빠뜨렸다는 것을 알았다면 기뻐했을 것이다. 여왕은 고민에 빠졌으며, 왜 하필 인생의 이 시점에서 갑자기 이렇게 책에 끌리게 되었는지 의아하게 생각했다. 이 식욕이 어디에서 왔을까?

어쨌거나 여왕보다 세상을 많이 본 사람은 드물었다. 여왕이 방문하지 않은 나라, 여왕이 만나지 않은 명사는 거의 없었다. 여왕 자신이 세상이라는 장관의 일부일진대, 책이란, 어떤 책일지라도, 그저 세상을 반영한 것이거나 세상에 대한 해석일 뿐인데, 그런 책에 지금 왜 흥미를 느끼는 것일까? 책? 진짜 세

상을 보았는데?

여왕은 노먼에게 말했다. "내 생각에, 내가 책을 읽는 이유는, 국민을 아는 것이 왕의 의무이기 때문인 것 같아." 노먼이 크게 주의를 기울이지 않을 만큼 진부한 말이었다. 노먼은 그런 책임감을 느끼지 않았고, 깨달음이 아닌 순수한 즐거움을 위해 책을 읽었다. 물론 그 즐거움의 일부는 깨달음에서 온다는 것을 노먼도 알고 있었지만, 의무는 그 안에 없었다.

그러나 여왕 같은 배경을 가진 사람에게 즐거움이란 늘 의무 다음이었다. 여왕이 책 읽기를 의무라고 느꼈다면 거리낌 없이 읽기 시작했을 것이며, 거기에 즐거움이 있다 한들 즐거움은 부수적이었을 것이다. 그런데 왜 지금 여왕은 책 읽기에 사로잡혔을까? 그 문제는 노먼과 이야기하지 않았다. 그 문제가 여왕이라는 지위와, 또 여왕 자신이 누구인지와 연관된다고 느꼈기 때문이다.

책 읽기가 매력적인 이유는 책이 초연하기 때문이라고 여왕은 생각했다. 문학에는 당당함이 있었다. 책은 독자를 가리지 않으며, 누가 읽든 안 읽든 상관하지 않는다. 여왕 자신을 비롯해서 모든 독자는 평등했다. 여왕은 생각했다. 문학은 연방이고, 문자는 공화국이라고. 사실, 이전에 들은 구절이었다. 문자 공화국*. 졸업식이나 학위 수여식 같은 행사에서 쓴 적이 있지만, 정확한 뜻은 잘 모른 채 썼다. 당시 여왕은 공화국을 들먹거리는 말은 무엇이든 조금은 국가에 대한 모독이며, 여왕이 있는 자리에서 그런 말을 하는 것은 좋게 보아도 철없는 일이라고 생각했다. 여왕은 이제야 그 말뜻을 이해했다. 책은 누구에게도 경의를 표하지 않는다. 독자는 누구나 평등하다. 그런 이해는 여왕을 어린 시절로 이끌었다. 어릴 적, 브이데이** 밤, 여동생과 함께 정문을 빠져나가 군중 속에 몰래 섞였던 때가 여왕에게는 가장 흥분된 순간이었다. 책 읽기에도 그런 흥분이 있다고 여왕은 생각했다. 익명이 되는 흥분, 다른 사람들과 함께하는 흥분, 평범해지는 흥분. 동떨어진 삶을 살아온 여왕은 이제 자신도 모르게 그 흥분을 갈망하고 있었다. 여기, 이 책장과 이 표지들 속에서 여왕은 평범해질 수 있었다.

그러나 이런 의심과 자성은 단지 출발점에서만 느꼈을 뿐이다. 일단 본궤도에 오르자, 책을 읽고 싶은 욕구가 여왕의 눈에 더이상 이상하게 비치지 않았다. 여왕이 그처럼 조심스럽게 대했던 책은 점점 여왕의 일부가 되었다.

---

* republic of letters는 직역하면 '문자 공화국'이지만, '지식계, 문학계' 등의 뜻으로 쓰이는 관용구이다.
** 유럽의 2차 대전 전승 기념일을 이르는 말. 독일군이 연합군에 항복한 1945년 5월 8일을 기념하는 날.

여왕의 정기적인 임무 중 하나는 의회 개회식이었다. 이전까지만 해도 여왕은 그 일을 딱히 부담스럽다고 느낀 적이 없었다. 사실 오히려 즐기는 편이었다. 맑은 가을날 아침 세인트제임스 공원*의 산책길을 지나가는 것은 오십 년을 계속해온 뒤에도 작은 선물 같은 일이었다. 그러나 더는 아니었다. 다행히도 위가 뚫린 마차가 아닌 의전용 공식 마차를 이용한 터라 책을 가져갈 수 있었지만, 행사가 진행되기로 예정된 두 시간이 끔찍하기만 했다. 여왕은 책을 읽으며 손을 흔드는 일에 이미 꽤 능숙해졌다. 책을 창 높이보다 아래에 두고 군중이 아닌 책에 집중하는 것이 요령이었다. 물론 공작은 그런 행동을 전혀 좋아하지 않았지만, 너그러운 마음에 그냥 못 본 체했다.

모든 일이 순조롭게 진행되고 있었다. 행렬이 궁 앞뜰에 정렬해 있고 출발할 준비가 다 되었다. 이미 의전용 공식 마차 안에 앉아 있던 여왕이 안경을 쓰다가, 그제야 책을 잊고 가져오지 않은 것을 깨달은 것만 문제였다. 공작이 구석에서 몹시 화

---

* 런던에서 가장 오래된 왕립 공원으로, 주변에 국회의사당, 버킹엄 궁전 등이 있으며, 런던에서 가장 경치 좋은 공원으로 꼽힌다.

를 내고, 기수가 안달하고, 말들이 제자리걸음을 해서 마구가 쟁쟁거리는 사이, 노먼의 휴대전화에 벨이 울렸다. 근위병들은 쉬어 자세로 서 있고 행렬은 기다렸다. 의전 담당관은 손목시계를 보았다. 이 분 늦었다. 의전 담당관은 책에 대해서는 전혀 모른 채 의전 일정이 늦어지면 여왕이 언짢아할 것이라 짐작하며 이어질 여파가 없길 바랐다. 그러나 이제, 노먼이 사려 깊게도 숄 안에 책을 숨겨 자갈길을 쏜살같이 달려왔고, 행렬은 출발했다.

세인트제임스 공원 산책로를 지나는 동안 여왕 부부는 여전히 부루퉁해 있었다. 공작은 자기가 앉은 쪽 창밖을 향해 격하게 손을 흔들었고, 여왕은 자기 쪽 창밖을 향해 맥없이 손을 흔들었다. 게다가 잃어버린 이 분을 되찾으려고 마차가 빨리 움직이기까지 했다.

의사당에 도착하자 여왕은 문제의 책을 돌아오는 길에 읽으려고 마차 쿠션 뒤에 두었다. 왕좌에 앉아 연설을 시작한 여왕은, 자신이 의무적으로 연설해야 하는 군소리가 얼마나 지루한지에 계속 신경이 쓰였다. 나랏일에 소리 높이 연설문을 읽으며 이런 생각을 한 것은 사실 이번이 처음이었다. '우리 정부는 이렇게 할 겁니다…… 우리 정부는 저렇게 할 겁니다.' 너무도 조야한 문장이었고, 문체의 아름다움이나 재미는 눈 씻고 봐도

찾을 수 없었다. 그 연설문이 글을 읽는 행위 자체를 모욕하는 것만 같았던 데다 잃어버린 이 분을 만회하려 애쓰느라, 연설은 다른 해보다 훨씬 엉망이 되었다.

여왕은 마차로 돌아와 책을 찾으려고 쿠션 뒤로 손을 뻗었을 때에야 마음이 조금 가라앉았다. 그런데 책이 없었다. 마차가 덜거덕거리며 나아가는 동안 계속 손을 흔들면서, 여왕은 다른 쿠션들 뒤를 몰래 더듬거렸다.

"깔고 앉지 않았어요?"

"뭘 깔고 앉아요?"

"내 책이요."

"아니요. 밖에 재향군인회 사람들이 있어요. 휠체어도. 손을 흔들어요. 제발."

궁에 도착하자 여왕은 책임자인 젊은 시종 그랜트와 잠깐 이야기를 나누었다. 그랜트는 여왕이 의사당에 있을 때 경비견들이 나타났고 경비가 책을 압수해 갔다고 말했다. 그랜트는 그 책이 폭발했을 것이라고 말했다.

"폭발?" 여왕이 말했다. "애니타 브루크너였어."

몹시 예의 없는 그 젊은이는 경비가 책을 폭탄으로 생각할 만하다고 대꾸했다.

"그렇지. 딱 맞는 말이야. 책은 상상력에 불을 붙이는 폭탄이지." 여왕이 말했다.

"예, 폐하." 시종이 말했다.

시종은 제 할머니를 대하듯 여왕에게 말했다. 여왕이 자신의 독서에 사람들이 적의를 품는 듯 달갑잖은 느낌을 받은 것은 그때가 처음이 아니었다.

"그래 좋아. 그러면 경비에게 그 책을 또 한 권 구하길 바란다고 전해야겠군. 면밀히 조사해서 폭발 위험이 없는 것으로 말이야. 내일 아침에 내 책상 위에 있길 바란다고. 한 가지 더. 마차 쿠션이 형편없어. 내 장갑을 보게." 여왕은 자리를 떠났다.

"젠장." 시종은 그렇게 말하며 바지 안에 손을 넣어 책을 꺼냈다. 그곳에 숨기라는 명령을 들었던 것이다. 그러나 행렬이 늦어진 일에 대해서는 공식적인 발표가 전혀 없어서 모두가 놀랐다.

이처럼 여왕의 독서를 싫어하는 사람은 식구들뿐만 아니었다. 여왕이 개들을 데리고 산책할 때, 전에는 개들이 제멋대로 시끄럽게 궁 안을 돌아다니게 두었지만, 요즘에는 일단 사람들 눈에 띄지 않는 곳으로 간 다음 가장 가까운 자리에 풀썩 주저앉은 후 책을 꺼냈다. 가끔 구멍 뚫린 비스킷을 개들 쪽으로 던졌지만, 공을 던지고 개들이 막대기를 물어 오고, 열광적으로 합창하며 산책의 흥을 돋우던 지난날 같은 일은 전혀 없었다.

개들은 버릇없고 까다롭기는 했지만 우둔하지는 않았다. 개들이 금방 책을 미워하게 된 것도 그리 놀라운 일은 아니었다. 개들에게 책은 놀이를 방해하는 존재였다(책은 언제나 놀이를 방해하기는 한다).

여왕이 책을 카펫에 떨어뜨리기라도 하면, 침을 흘리며 걱정스레 여왕 옆을 따르던 개가 곧장 덤벼들어 궁 안 후미진 곳이든 어디든, 내키는 대로 갈기갈기 찢을 수 있는 곳으로 책을 가져갔다. 제임스 테이트 블랙 상을 수상했음에도 불구하고, 이언 매큐언도 이렇게 끝이 났다.* A. S. 바이어트 역시 마찬가지였다. 런던 도서관 후원자이긴 했지만, 여왕은 도서관 직원에게 책이 또 손상되었다는 사과 전화를 정기적으로 하지 않을 수 없었다.

개들은 노먼도 좋아하지 않았다. 여왕이 책에 빠지게 된 데에는 이 젊은이에게 적어도 조금의 책임은 있었으니, 케빈 경도 노먼을 달가워하지 않았다. 계속 가까이 맴도는 노먼이 짜증스러웠다. 여왕과 이야기할 때 노먼이 방에 있지는 않았지만 그래도 언제나 부르면 달려올 거리에 있었다.

---

* 제임스 테이트 블랙 상은 영국에서 가장 오래된 문학상으로, 2005년 소설 부문 수상작은 이언 매큐언의 『토요일』이다.

케빈 경과 여왕이 보름 뒤에 있을 왕가의 웨일스 방문을 의논하던 때였다. 여왕은 행사 일정(전차 시승, 우쿨렐레 연주회, 치즈공장 견학)을 듣던 도중 갑자기 일어서서 문 쪽으로 갔다.

"노먼."

케빈 경의 귀에 노먼이 일어서면서 의자가 바닥에 끌리는 소리가 들렸다.

"몇 주 뒤에 웨일스로 갈 예정이야."

"안되셨습니다, 폐하."

여왕은 웃고 있지 않은 케빈 경에게 웃음을 보냈다.

"노먼은 아주 뻔뻔하게 솔직해. 자, 이제 딜런 토머스는 읽었고, 존 코퍼 포위스 작품도 좀 읽었어. 잔 모리스도 읽었고. 또 어떤 작가가 있을까?"*

"폐하, 킬버트는 어떻습니까?" 노먼이 말했다.

"킬버트? 누구지?"

"교구 목사입니다, 폐하. 19세기요. 웨일스 국경에 살면서 일기를 썼습니다. 어린 여자 아이들을 좋아했고요."

"아, 루이스 캐롤처럼." 여왕이 말했다.

---

* 딜런 토머스와 존 코퍼 포위스, 잔 모리스는 모두 웨일스 출신이거나 웨일스 문화에 정통한 작품을 쓴 작가들이다.

"더 심합니다, 폐하."

"저런. 그 일기를 구해주겠어?"

"목록에 넣겠습니다, 폐하."

여왕은 문을 닫고 책상으로 돌아왔다.

"어떤가, 케빈 경? 내가 숙제를 하지 않는다는 말은 못 하겠지?"

케빈 경은 킬버트라는 작가를 들어본 적이 없는 터라 별 감흥이 없었다. "치즈공장은 탄광 지역을 재개발한 새로운 산업단지 안에 있습니다. 전 지역이 새로 태어났습니다."

"아, 그렇겠지. 그렇지만 문학도 중요해. 그건 경도 인정해야 하네." 여왕이 말했다.

"저는 잘 모르겠습니다. 폐하께서는 그 옆 컴퓨터 부품공장의 구내식당 개장식에 참석하셔야 합니다." 케빈 경이 말했다.

"노래도 있겠지?" 여왕이 물었다.

"합창단이 있을 겁니다."

"늘 그렇지."

여왕은 케빈 경의 얼굴 근육이 아주 잘 발달했다고 생각했다. 양 볼에도 근육이 있어서, 얼굴을 찌푸릴 때면 그 근육이 물결치는 것 같았다. 소설가라면, 이 구절을 소설 속에 넣을 만하다고 생각했다.

"찬송가 악보도 미리 준비해야 합니다, 폐하."

"웨일스라, 그렇지. 아무렴. 고향에서는 새 소식이 없나? 양털 깎기가 바쁜가?"

"이맘때는 아닙니다, 폐하."

"아. 풀을 먹이고 있겠군."

여왕은 접견이 끝났음을 알리는 커다란 미소를 지었다. 케빈 경이 문간에서 고개를 숙여 인사하려고 몸을 돌렸다. 그러나 여왕은 이미 다시 책을 보며 케빈 경을 올려보지도 않고 "케빈 경"이라고 웅얼웅얼 말하고는 책장을 넘겼다.

여왕은 순서에 따라 웨일스와 스코틀랜드와 랭커셔와 웨스트 컨트리로 갔다. 반복되는 그 전국 순회는 왕의 일 가운데 큰 부분을 차지했다. 알고 보면 아무리 어색하고 할 말이 없는 만남일지라도, 여왕은 국민을 만나야 한다. 이때는 여왕의 참모진이 그래도 도움이 되었다.

여왕이 만나는 사람들은 대개 제 나라 국왕과 마주했으니 할 말을 잃을 때가 많았고, 시종무관들은 그런 상황을 피하기 위해서 쉽게 대화할 수 있는 힌트를 주곤 했다.

"여왕 폐하께서 멀리서 왔느냐고 물어보실지도 모릅니다. 대답을 준비해두세요. 그다음에는 기차로 왔는지 자동차로 왔는지 등등의 말로 이어갈 수 있습니다. 그러면 여왕 폐하께서 자동차를 어디에 두고 왔는지, 여기가—아, 어디에서 왔다고 했죠?—앤도버보다 교통체증이 심한지 물어보실 겁니다. 아시겠지만, 여왕 폐하께서는 온갖 나라 살림에 다 관심을 갖고 계시죠. 그래서 요즘 런던에서 주차하기가 얼마나 어려운지 이야기를 하실 겁니다. 그러다보면 바싱스톡의 주차 문제에 대해서 토론하게 될 수도 있고요."

"사실 앤도버가 심하죠. 바싱스톡 주차난도 끔찍하긴 하지만."

"그렇군요. 어쨌거나 무슨 뜻인지 아시겠죠? 짧은 이야기면 됩니다."

이런 대화는 뻔할지는 모르지만 예측 가능한 데다 무엇보다 간략하다는 장점이 있어서, 여왕은 짤막하게나마 더 많은 국민과 대화를 나눌 수 있었다. 여왕이 만나는 사람들은 일정에 맞게 물 흐르듯 움직였고, 여왕은 즐거워 보였으며, 여왕을 만나는 국민도 안절부절못하는 일은 거의 없었다. 아마도 평생 가장 애타게 기다렸을 그 대화가 M6*에서 플라스틱 원뿔로 통행이 차단된 구간에 관한 것이어도 별 문제가 되지 않았다. 그 사

---

* 잉글랜드를 가로지르는 도로로, 영국에서 가장 긴 고속도로.

람들은 여왕을 만났고, 여왕은 그 사람들과 이야기를 나누었으며, 모두 제시간에 끝났다.

그런 대화는 이제 아주 틀에 박힌 일이 되어서, 시종무관들은 여왕이 만날 사람들에게 굳이 언질을 주지 않고 생색내듯 미소를 지은 채 사람들 언저리를 어슬렁거렸다. 입을 다문 사람의 비율이 늘어나고 여왕을 마주했을 때 안절부절못하는 사람이 많아질 것이 분명할 때에만 참모진은 무슨 이야기가 오가는지 엿들었다.

여왕이 수행원에게 미리 알리지도 않은 채, 오랫동안 정해져 있던 질문들을─일을 한 지는 몇 년이 되었는지, 얼마나 멀리서 왔는지, 태어난 곳은 어디인지 등을─버리고, 새로운 이야깃거리, 예를 들면 "요즘 무슨 책을 읽고 있나?"를 꺼내는 일이 일어났다. 이 질문에 답할 준비가 된 국민은 아주 드물었다 (한 사람이 "성경이요?"라고 대답하기는 했다). 그리하여 어색한 침묵이 흐르면 여왕은 그 침묵을 "내가 지금 읽고 있는 책은……" 같은 말로 깨기 마련이었고, 때로는 핸드백을 뒤져 그 운 좋은 책을 슬쩍 보여주기도 했다. 대화 시간은 더 오래 걸렸고 사람들은 더 지쳤으며, 여왕 앞에서 말을 잘하지 못했다는 자책과 함께 왠지 여왕에게 속았다는 기분을 안고 돌아서는 국민이 점점 많아졌다.

여왕의 충성스러운 시종들인 피어스와 트리스트럼, 자일스, 엘스페스는 근무가 끝난 뒤 의견을 주고받았다.

"무슨 책을 읽고 있나? 아니, 무슨 질문이 그래? 그 불쌍한 사람들이 무슨 책을 읽겠어? 사람들이 그런 말을 했을 때 여왕이 다 읽은 책을 핸드백에서 꺼내 사람들에게 선물로나 주면 몰라."

"그러면 얼른 이베이*에서 팔겠지."

"맞아. 그런데 요즘 귀빈 알현식에 시중든 적 있어?" 시녀한 명이 끼어들었다. "이런 소문이 돌고 있다고. 전에는 귀빈들이 특이한 수선화나 케케묵은 앵초 다발을 가져와서, 여왕 폐하가 우리한테 뒤에 두라고 주셨는데, 요즘은 그 사람들이 책을 가져온다는 거야. 자기가 읽던 책을 가져오는 사람도 있고, 어머, 그건 약과야. 더 들어봐. 심지어 자기가 쓰고 있던 책을 가져오는 사람도 있대. 재수 없게 그때 시중을 들게 되면 손수레가 꼭 필요한 거지. 책이나 옮기고 다닐 거였으면 해처즈**에 취직했겠다. 여왕 폐하가 소위 한가득이라고 할 만큼의 책을 받게 되면 어쩌나, 그게 걱정이야."

---

* 인터넷 경매 사이트.
** 1797년 런던에서 문을 연, 영국에서 가장 오래된 서점.

시종무관들은 일상적으로 하던 일이 달라져서 투덜대긴 했지만 어쨌든 적응했고, 수행원들은 여왕의 새로운 기호에 맞춰 마지못해 전략을 바꿨다. 여왕을 만날 사람들에게 미리 언질을 주는 자리에서, 여왕이 전처럼 얼마나 먼 곳에서 무엇을 타고 왔는지 물을 수도 있지만 최근에는 요즘 무슨 책을 읽고 있는지 묻는 일이 더 많아졌다고 귀띔했다.

그 말에 사람들은 멍한 (때로는 당황해서 어찌할 바를 모르는) 표정을 짓기 마련이었지만, 시종무관들은 조금도 기죽지 않고 적절한 답을 사람들에게 추천했다. 그리하여 여왕은 앤디 맥나브가 걸맞지 않은 인기를 누리고 있으며 조애나 트롤럽이 거의 전 세계적으로 사랑받고 있다는 인상을 품게 되었지만, 뭐 그러면 어떤가. 적어도 당황스러운 상황은 사라졌는걸. 사람들은 모범 답안을 받은 뒤로는 전처럼 제 궤도에 올라서서 적절한 시점에 대화를 마쳤다. 드물긴 하지만 대화가 길어진 것은 대화를 나눈 사람이 버지니아 울프나 디킨스를 좋아한다고 밝힌 적뿐이었다. 두 사람의 이름이 나오면 활기찬(그리고 길기도 한) 토론이 벌어졌다. 정신적 교감을 느끼고 싶어서『해리 포터』를 읽고 있다고 대답하는 사람도 많았다. 그러나 판타지를 읽을 시간이 없었던 여왕은 그 말에 한결같이 짧게 대꾸했다. "나도 비오는 날을 대비해서 아껴두고 있어요." 그리고는 얼른 다음 사람으로 넘어갔다.

거의 매일 여왕을 만나는 케빈 경은 여왕이 이제 집착하다시피 하는 것에 대해 잔소리하며 이를 달리 이용할 방법을 찾아냈다. "폐하, 폐하의 독서에서 부가가치를 창출할 수도 있을 것 같습니다." 전 같으면 이 말을 그냥 흘렸겠지만, 독서의 영향으로 전문용어에 대한 여왕의 참을성은 줄어들었다(그 참을성은 이전에도 늘 적었다).

"부가가치 창출? 그게 무슨 뜻인가?"

"폐하, 그냥 시험 삼아 생각해본 것입니다만, 폐하께서 문학 작품 말고도 민족학 고전들을 읽고 계시다고 보도자료를 낸다면 도움이 될 것 같습니다."

"케빈 경, 경이 알고 있는 민족학 고전이란 게 뭐지? 『카마수트라』?"

케빈 경은 한숨을 쉬었다.

"요즘은 비크람 세스를 읽고 있습니다. 그 작가라면 괜찮습니까?"

비서관은 비크람 세스에 대해 아는 바가 없었지만, 자기 말이 그럴싸하다고 생각했다.

"살만 루슈디는?"

"적당하지 않지 않을까요, 폐하?"

"도대체 보도자료가 왜 필요한지 모르겠군. 내가 뭘 읽는지 사람들이 왜 신경을 써야 하나? 여왕은 책을 읽는다. 사람들은 그것만 알면 돼. '그래서 뭐?' 나는 폭넓은 반응을 원해." 여왕이 말했다.

"책을 읽는 것은 움츠러드는 일입니다. 책을 읽고 있을 때는 다른 사람과 함께 일할 수 없습니다. 폐하께서 사람들에게 좀 더 친근하게 다가가시려면, 추구하시는 게 조금 덜…… 이기적이셔야 합니다."

"이기적?"

"자기중심적이라고 말씀드린다는 게 그만……"

"그렇게 얘기했어야 했네."

케빈 경은 계속 밀고 나갔다. "폐하의 독서를 더 큰 목적에 이용할 수 있다면, 그러니까 국가 전체의 교양, 예를 들면 젊은 이들의 독서 수준을 개선하……"

"짐은 즐거움을 위해 책을 읽는다네. 공적인 의무가 아니야."

"그러시겠죠."

그날 밤 여왕이 공작에게 그 이야기를 들려주자, 공작이 말했다. "그런 뻔뻔할 데가."

공작은 그렇다손 치고, 다른 가족들은 어땠을까? 여왕의 독서에 어떤 피해를 입었을까?

　요리를 하고, 장을 보고, 먼지를 떨고, 진공청소기를 미는 것이 여왕의 의무였다면 전보다 일을 게을리하는 티가 단박에 났겠지만, 당연히 여왕은 그런 일을 전혀 하지 않았다. 여왕이 자기 일에 힘을 덜 쏟았던 것은 사실이지만, 그 사실이 남편이나 자녀에게는 영향을 끼치지 않았다. 영향을 미친 것(케빈 경의 표현에 따르면 '충격을 준 것')은 공적인 분야였다. 여왕은 공적인 임무를 수행하면서 내키지 않는 티를 눈에 띄게 내기 시작했다. 기공식에도 열의를 덜 보였고, 진수할 배가 많지 않음에도 연못에 장난감 배를 띄우는 정도로 행사를 마쳤다. 뒤에는 늘 책이 기다리고 있었다.

　이 때문에 여왕의 참모들은 염려했겠지만, 여왕의 식구들은 오히려 마음을 놓았다. 여왕은 늘 자기 기준에 맞추어 식구들을 닦달했고, 나이가 들어도 이는 좀처럼 수그러들지 않았다. 그런데 책을 읽으면서 나아졌다. 여왕이 식구들을 좀더 자유롭게 두고 거의 몰아대지 않자, 식구들은 한결 편하게 지냈다. 책에 대고 만세라도 부르고 싶은 심정이었다. 예외는 있었다. 책을 읽으라는 말을 듣거나, 할머니가 책 이야기를 계속하거나, 독서 습관을 캐묻거나, 가장 나쁘게는, 손에 책을 들리고 다 읽었는지 나중에 확인할 때였다.

식구들은 여왕의 여러 거처 가운데 생각지 않았던 인적이 드
문 구석진 곳에서 코끝에 안경을 걸친 채 옆에 공책과 연필을
두고 있는 여왕과 마주치는 일이 많아졌다. 그럴 때면 여왕은
슬쩍 눈을 들고 대충 손을 들어 인사했다. 공작은 복도를 쿵쿵
거리고 지나가며 말했다. "행복한 사람이 한 명이라도 있으니
다행이군." 그 말은 사실이었다. 여왕은 행복했다. 여왕은 다른
무엇과도 견줄 수 없을 만큼 독서를 즐겼으며, 놀라운 속도로
게걸스럽게 책을 읽어나갔다. 그러나 노면을 제외하고는 아무
도 그 속도에 놀라지 않았다.

여왕은 애초부터 읽은 책을 두고 공적으로는 물론이고 그 누
구와도 토론하지 않았다. 아무리 값진 일이라 해도 그처럼 뒤
늦게 열렬히 빠져들면 우스꽝스럽게 보일 것임을 여왕 스스로
가 잘 알고 있었다. 종교나 달리아에 열중하게 된 것이나 마찬
가지라고 생각했다. 여왕의 나이가 되면 사람들은 '아무럼 어
때?'라고 생각한다. 그러나 여왕에게는 독서가 더할 수 없이
심각한 일이었다. 여왕에게 독서란, 작가에게 글쓰기와 같은
의미였다. 즉 하지 않을 수 없는 일이었고, 작가가 글을 쓸 숙
명을 받아들이듯 여왕은 책을 읽을 숙명을 인생의 이 황혼기에
받아들여야 했다.

우선, 여왕이 책을 읽으면서 불안감과 낭패감을 느낀 것은 사실이다. 끝없이 펼쳐진 책들이 여왕을 노려보고 있었고, 여왕은 독서를 어떻게 계속해나가야 할지 전혀 알 수 없었다. 여왕의 독서에는 체계가 전혀 없었다. 한 권을 읽으면 그 책에 따라 다음 책으로 이어졌고, 두세 권을 동시에 읽을 때도 많았다. 메모를 시작하면서 다음 단계로 넘어갔고, 그 뒤로는 늘 손에 연필을 들고 책을 읽었다. 읽은 내용을 요약하는 것이 아니라, 가슴에 와 닿은 구절을 그대로 베끼는 것이었다. 책을 읽으며 메모를 한 지 일 년쯤 지난 뒤에야 가끔 떠오르는 자신의 생각을 시험 삼아 용기 내어 적게 되었다. 여왕은 이렇게 썼다. '나는 문학이 광대한 나라라고 생각한다. 그 먼 국경으로 여행하고 있지만 국경에는 절대 다다를 수 없다. 게다가 나는 출발도 늦었다. 결코 따라잡지 못하리라.' 그 아래에 또 (연결되지 않은 생각을) 적었다. '에티켓이 나쁠 수도 있다. 그러나 사람을 난처하게 만드는 일은 더 나쁘다.'

여왕의 독서에는 슬픔도 있었다. 여왕은 난생처음 자신이 놓친 좋은 삶이 있을지도 모른다고 생각했다. 실비아 플라스의 여러 전기 중 한 권을 읽을 때에는 그 삶을 비껴간 것에 꽤 만족했지만, 로렌 바콜의 자서전을 읽으면서는 바콜 여사가 훨씬 더 달콤한 삶을 살았다고 느끼지 않을 수 없었고, 그 때문에 자기도 모르게 바콜 여사를 질시하게 되어 여왕 스스로도 조금 놀랐다.

연예인 자서전에서 자살한 시인의 마지막 나날들로 이어지는 독서가 앞뒤가 맞지 않는 동시에 지각이 없는 일로 보일지도 모르겠다. 그러나 독서 초기에 여왕에게는 분명 모든 책들이 똑같았고, 여왕은 책도 국민처럼 편견 없이 대해야 한다고 생각했다. 여왕에게는 더 나은 책 같은 것이 없었다. 책은 미지의 나라였고, 아무튼 처음에 여왕은 책에 구별을 두지 않았다. 읽어야 할 책과 읽지 말아야 할 책을 판단할 때가 되었을 때에도, 가끔 노먼이 하는 말을 제외하고 여왕이 들을 수 있는 조언은 아무것도 없었다. 로렌 바콜, 위니프리드 홀트비, 실비아 플라스. 이 사람들이 누구지? 여왕은 책을 읽고서야 알게 되었다.

몇 주 뒤 여왕은 책에서 고개를 들고 노먼에게 말했다.

"내가 자네에게 내 필생이라고 말한 것 기억하나? 나 같은 사람을 뭐라고 하는지도 알아냈네. 나는 만학도야."

사전을 늘 옆에 두고 있던 노먼은 소리 내서 읽었다.

"만학. 나이가 들어 뒤늦게 공부함."

여왕이 그처럼 서둘러 책을 읽은 까닭은 이처럼 놓친 시간을 만회하기 위해서였고, 이제 더 자주 (그리고 더 당당하게) 자신만의 논평을 하게 되면서, 여왕은 자기 삶의 다른 부분도 문학을 비평하는 것과 똑같이 솔직하게 따지게 되었다. 여왕은 고분고분한 독자가 아니었다. 종종 작가를 옆에 두고 명령할 수 있으면 좋겠다고 바라기도 했다.

여왕은 적었다.

'헨리 제임스를 호되게 꾸짖고 싶은 사람이 나 하나뿐일까?'

'존슨 박사*가 높은 평가를 받는 이유는 납득이 가지만, 그러나 확실히, 그의 글 대부분은 독선적이고 시시한 소리가 아닐까?'

어느 티타임에 여왕은 헨리 제임스를 읽다가 소리 내서 말했다. "이런, 얼른 해!"

마침 홍차 선반을 치우고 있던 하녀가 "죄송합니다, 폐하"라고 말한 뒤 정확히 이 초 만에 방에서 튀어나갔다.

"앨리스, 자네한테 한 말이 아니야." 여왕은 하녀의 등에 대고 소리친 뒤, 문까지 뒤따르면서 또 한번 덧붙이기까지 했다. "자네한테 한 말이 아니라니까."

이전에 여왕은 하녀가 무슨 생각을 하는지, 마음의 상처를 받았는지 어쨌는지, 신경 쓰지 않았다. 이제야 이런 것들에 신경 쓰기 시작했고, 의자로 돌아오면서 그 이유가 무엇인지 곰

---

* 새뮤얼 존슨. 흔히 존슨 박사로 불린다.

곰 생각했다. 이런 배려심이, 그 끝없이 짜증스러운 헨리 제임스까지 포함하여, 책과 관계있을지도 모른다는 생각은 그때 여왕의 머릿속에 떠오르지 않았다.

그 모든 것을 따라잡아야 한다는 생각을 절대 떨칠 수 없는 한편, 만날 수 있었음에도 만나지 않았던 온갖 유명 저자들에 대해서도 후회를 느꼈다. 적어도 그것은 바로잡을 수 있었고, 그래서 마음먹은 바가 생겼다. 그 결정에는 노먼의 재촉도 한몫했다. 여왕과 노먼, 두 사람 다 읽은 적이 있는 작가들 몇몇을 만나면 흥미롭고 즐겁기까지 하겠다고 생각한 것이다. 그래서 연회를, 아니, 노먼이 고집한 명칭으로는 '문학의 밤'을 준비하게 되었다.

시종무관들은 가든파티나 다른 큰 연회 때처럼, 여왕이 멈춰서서 말을 걸 듯한 사람에게 미리 언질을 주는 준비를 하려 했다. 그러나 여왕은 이 모임에 어울리지 않는 절차라고(어쨌든 이 사람들은 예술가니까) 생각하고, 있는 그대로 자연스러운 자리를 만들기로 했다. 나중에 밝혀진 것이지만, 그 결정은 그리 좋은 생각이 아니었다.

일대일로 만났을 때는 작가들 대개가 수줍고 소심해 보이기까지 했지만, 함께 모여 있으니 왁자지껄하고 수다스러웠으며, 많이 웃기는 했지만 적어도 여왕이 보기에는 그리 재미있어서 웃는 것은 아니었다. 여왕은 삼삼오오 모여 있는 사람들 언저리만 맴돌았고, 여왕을 끼워주려고 딱히 애쓰는 사람은 아무도 없었다. 여왕은 자기 연회에서 손님이 된 기분이었다. 여왕이 입을 열면 대화가 끊어지고 끔찍한 침묵에 들어가거나, 작가들이 자존심과 기개를 증명하려는 듯 여왕의 말에 전혀 주의를 기울이지 않고 자기들끼리만 이야기를 계속하거나, 둘 중 하나였다.

작가들을 친구로 여기고 친하게 지내고 싶었던 여왕은 그런 작가들과 함께 있게 되어서 들떠 있었다. 그러나 이제, 여왕이 읽고 동경한 책을 쓴 작가에게 동감을 표시하고 싶어서 견딜 수 없을 때에도, 여왕은 할 말이 전혀 떠오르지 않았다. 평생 다른 사람에게 위압감을 느낀 적이 없는 여왕이, 이제 자기도 모르게 주눅이 들어 입을 다물었다. '책이 아주 마음에 들었어요.' 그 한마디면 될 것을, 오십 년 동안 유지해온 냉정과 침착 그리고 반세기 동안 지켜온 말을 아끼는 태도 때문에 그 한마디를 할 수가 없었다. 대화에 끼어들기 힘드니 늘 준비했던 질문들을 자기도 모르게 늘어놓고 있었다. '얼마나 멀리서 왔나?' 같은 질문은 아니었지만, 문학을 주제로 삼았을 뿐 그 질문과 크게 다르지 않았다. '등장인물은 어떻게 떠올리나요? 집필 시간은 정해두나요? 워드프로세서를 사용하나요?' 여왕 스스로도 판에 박힌 질문임을 잘 알고 있었고, 그 난처한 질문들

에는 어색한 침묵이 그나마 나은 대답이었다.

스코틀랜드 작가 한 명이 유난히 빡빡했다. 영감을 어디에서 얻느냐는 질문에 사납게 대답했다. "영감은 얻는 게 아닙니다, 폐하. 밖으로 나가서 잡는 겁니다."

여왕이 책에 대한 존경을 간신히 — 거의 더듬거리며 — 표현한 뒤 작가로부터 그 책을 쓴 동기를 들을 수 있기를 기대하고 있으면, 작가는 근래 발표한 베스트셀러에 대해서는 말하지 않고 지금 쓰고 있는 작품이 너무도 더디게 진행된다고 말한 뒤, 샴페인을 홀짝거리면서, 그 때문에 자신은 세상에서 가장 비참한 남자가 되었다고 말하기만 했고(여왕은 남자 작가가 여자 작가보다 훨씬 나쁘다고 결론지었다), 여왕은 좋았던 마음까지 싹 가시는 기분이었다.

여왕은 금방 마음을 정했다. 작가는 소설을 통해서 만나는 것이 가장 좋으며, 작가란 소설 속 인물처럼 독자의 상상 속 인물일 뿐이라고. 작가는 자기 작품을 읽은 독자를 고맙게 여기지도 않는 것 같았다. 독자가 그 작품을 쓴 작가에게 고마워해야 한다고 생각하는 것 같았다.

처음에는 그런 모임을 정기적으로 가질 생각이었지만, 그 생각을 떨치기에는 그날 저녁만으로도 충분했다. 한 번이면 족했다. 케빈 경에게는 다행스러운 일이었다. 케빈 경은 그 모임이 마뜩잖았다. 여왕이 작가를 위한 연회를 열면 미술가들과도 그와 비슷한 연회를 열어야 하고, 그다음에는 사람들이 작가와 미술가와 과학자를 위한 연회도 기대할 것이라고 지적했다.

"폐하께서는 공정하게 보이셔야 합니다."

어쨌든 이제 그럴 위험은 사라졌다.

케빈 경은 이 맥 풀린 문학 연회를 노먼의 탓으로 돌렸고, 이는 어느 정도 타당한 비난이었다. 여왕이 망설이며 연회 이야기를 꺼냈을 때 여왕을 부추긴 사람은 노먼이었다. 그렇다고 노먼에게 즐거운 자리였는가 하면, 그렇지도 않았다. 초대된 사람 중에는 게이 문인의 비율이 꽤 높았고, 그 가운데에는 노먼이 특별히 초대를 제안한 작가들도 있었다. 하지만 그 때문에 노먼에게 좋은 일은 전혀 없었다. 노먼은 다른 시종들과 다름없이 작가들에게 술과 안주를 대접하는 일만 했지만, 다른 시종들과는 달리 자신이 접대하는 사람의 명성과 지위를 알고 있었다. 뿐만 아니라 그 사람들의 책도 읽은 바 있었다. 그러나 그 사람들이 몰린 곳은 노먼 주위가 아니라, 노먼이 나중에 씁쓸하게 말했듯(여왕 앞에서는 아니었지만), 한 걸음 더 들어가면 문학적 명성이 무엇인지도 모를, 잘생긴 시종과 건장한 시종무관 들 주변이었다.

살아 있는 작가와 즐겁게 어울리는 일은 성공하지 못했지만,

그 때문에 여왕이 책 읽기를 포기하는 일(케빈 경이 바라던 바였지만)은 일어나지 않았다. 여왕은 작가를 만나고자 하는 바람만 버렸다. 더 나아가서 살아 있는 작가에 대한 관심까지 버렸다. 여왕은 고전에, 디킨스와 새커리, 조지 엘리엇과 브론테에 더 많은 시간을 쏟게 되었을 뿐이다.

화요일 저녁마다 여왕은 총리를 만났다. 그 자리에서 총리는 여왕이 알아야 한다고 생각하는 것들을 브리핑했다. 언론은 이 회의를, 현명하고 경험 많은 국왕이 과거에 있을 수 있었던 위험을 지적하여 총리를 인도하고, 오십여 년 동안 왕좌에 있으면서 여왕만이 쌓을 수 있었던 정치적 경험으로 총리를 이끄는 것으로 표현하길 좋아했다. 사실 이는 잘못된 환상으로, 왕궁도 이 환상을 만드는 데 일조하고 있었다. 여왕과 총리가 함께 있는 시간이 길어질수록 총리는 귀를 덜 기울였고, 대화가 많아질수록 여왕은 동의하지 않으면서도 고개를 끄덕여 찬성하곤 했다.

취임 초에는 총리들도 여왕이 손을 잡아주기를 바랐다. 총리들은 자기가 한 일을 어머니에게 자랑하고 싶은 어린아이 같은 마음으로 여왕을 찾아왔다. 여왕이 다독이고 등을 토닥이며 칭

찬하기를 바랐던 것이다. 그리고 여왕의 다른 많은 일들이 그렇듯 필요한 것은 정말이지 쇼뿐이었다. 관심의 쇼, 염려의 쇼. 남자들(이 경우에는 마거릿 대처까지 포함하여)은 쇼를 원했다. 이 단계에서는 총리들이 아직 여왕의 조언에 귀를 기울이고 여왕에게 조언을 구하기까지 하지만, 시간이 지나면 총리들은 더이상 여왕의 격려를 바라지 않으며 여왕의 말을 듣는 일은 안중에도 없이 여왕을 일개 청중처럼 대했고, 이때가 되면 총리들은 하나같이 기분 나쁠 만큼 비슷하게 강의하는 분위기로 변했다.

여왕을 마치 자기 앞에 있는 대중인 양 취급하고 설교한 사람은 글래드스턴뿐이 아니었다.

그 화요일 접견도 평소와 별반 다르지 않았다. 끝날 때가 되어서야 여왕은 간신히 말을 꺼낼 기회를 잡고 자신이 정말 관심을 두고 있는 주제를 끄집어냈다. "내 크리스마스 방송 말인데요."

"예, 폐하." 총리가 대답했다.

"올해는 다르게 하고 싶어요."

"다르게요, 폐하?"

"네. 짐이 소파에 앉아서 책을 읽고 있는 거죠. 아니, 좀더 편하게 보이려면, 카메라가 짐을 발견하고 쭉 올라와서 책을 보여주는 게 좋겠네요. 짐이 미디엄숏으로 잡힐 때까지 카메라가

쑥 들어와도 ─ 들어온다고 표현하는 게 맞나요? ─ 괜찮겠어요. 그러면 짐이 고개를 들고 말을 하는 거죠. '저는 요즘 이 책을 읽고 있는데, 이러이러한 책입니다' 그렇게 시작하는 겁니다."

"무슨 책으로 하실 겁니까, 폐하?" 총리는 언짢은 표정이었다.

"그것은 짐도 생각해봐야 해요."

"국제 정세에 관한 책이겠지요?" 총리의 표정이 밝아졌다.

"그럴 수도 있겠죠. 하지만 그런 것은 신문에서 충분히 다루잖아요. 아니에요. 사실은 시를 생각하고 있어요."

"시요?" 총리의 미소가 흐릿해졌다.

"예를 들면, 토머스 하디 작품이요. 며칠 전에 토머스 하디의 시 중에서 아주 좋은 시를 읽었거든요. 타이타닉 호와 빙산이 어떻게 함께 침몰하게 되었는가에 관한 시예요. 「둘의 집합점」이라는 제목이죠. 이 시를 알아요?"

"아니요, 폐하. 그렇지만 시가 어떤 도움이 됩니까?"

"도움이라니, 누구에게요?"

"저기……" 총리는 실제로 그 말을 입 밖에 내야 하는 것이 조금 부끄러운 듯했다. "국민들에게요."

"아, 물론이죠. 그 시는 우리 모두가 운명의 굴레 안에 있다는 걸 보여주거든요."

여왕은 도움을 주고 있다는 듯 미소를 지으며 총리를 바라보았다. 총리는 손만 내려다보고 있었다.

"정부가 지지할 수 있는 메시지가 아닌 것 같습니다." 대중이 세상을 어쩔 수 없는 곳으로 생각하다니, 있을 수 없는 일이었다. 그러면 혼란이 일어난다. 혹은 여론조사에서 인기가 떨어진다. 그 역시 있을 수 없는 일이었다.

이제 총리가 도움을 주고 있다는 듯 미소를 지었다.

"폐하께서 남아프리카를 방문하셨을 때 찍은 영상이 아주 좋다는 이야기를 들었습니다."

여왕은 한숨을 쉬고 벨을 눌렀다. "좀더 생각해봅시다."

노먼이 문을 열고 기다리자 총리는 접견이 끝났다는 것을 알았다. 총리는 생각했다. '이자가 그 유명한 노먼이군.'

"아, 노먼. 총리께서 토머스 하디를 읽지 않으신 것 같네. 나가실 때 우리가 갖고 있는 옛날 페이퍼백 중에 한 권을 찾아서 드리게." 여왕이 말했다.

여왕은 어느 정도 자기 뜻을 관철시킬 수 있었고, 그래서 여왕 자신도 조금 놀랐다. 소파에 누워 있지는 않았지만, 늘 앉던 테이블에 앉아 있었으며, 토머스 하디의 시집을 읽지는 않았지만('긍정적으로' 보이지 않는다는 이유로 받아들여지지 않았다), 『두 도시 이야기』의 첫 문장('최고의 시대이자 최악의 시대였다')으로 크리스마스 방송을 시작했고, 썩 훌륭했다. 여왕은 프롬프터가 아닌 책에서 직접 읽는 형식을 택했고, 시청자들 가운데 나이 많은 사람들(대부분이 나이 많은 사람들이었지만)은 그런 여왕을 보며 아직 기억 속에 남아 있는 학창 시절 선생님과 선생님이 책을 읽어주던 모습을 떠올렸다.

여왕은 크리스마스 방송의 반응에 고무되어, 자신의 책 읽기를 계속 공공연하게 드러내려고 애썼다. 그러던 어느 늦은 밤, 여왕은 엘리자베스 1세 때 이루어진 종교협정에 관한 책을 덮다가 문득 캔터베리 대주교에게 전화를 걸고 싶은 생각이 들었다.

대주교는 텔레비전을 끄느라 잠시 말을 멈췄다.

"대주교님, 저는 왜 성서 일과를 한 번도 읽지 않았을까요?"

"다시 한번 말씀해주시겠습니까, 폐하?"

"성서 일과요. 사람들은 다들 성서 일과를 읽는데, 짐은 한 번도 읽은 적이 없어요. 규정된 것은 아닌가요? 도리에 어긋나진 않나요?"

"제가 알기로는, 그렇지는 않습니다, 폐하."

"다행이군요. 그렇다면 이제라도 시작하겠어요. 레위기여, 내가 왔다. 안녕히 주무세요, 주교님."

대주교는 고개를 가로저으며 〈스트릭틀리 컴 댄싱〉*을 다시 틀었다.

그 뒤로 여왕은 특히 노퍽에 있을 때면, 그리고 스코틀랜드에 있을 때조차 매일 조금씩 성경을 읽었다. 성경뿐 아니었다. 노퍽의 어느 초등학교에 방문했을 때는 교실 의자에 앉아서 『코끼리 왕 바바』를 아이들에게 읽어주기도 했고, 어느 도시의 연회에서는 존 베처먼의 시를 낭송하기도 했다. 두 가지 일 모두 일정에 없이 즉흥적으로 이루어졌다. 모두가 즐거워했지만, 여왕에게 미리 귀뜸을 받지 못한 케빈 경만은 예외였다.

나무를 심는 행사도 마지막은 일정에 없던 일로 마무리되었다. 메드웨이 위를 개간한 황량한 도시 농장에서 땅을 살짝 파고 참나무 묘목을 심은 뒤, 여왕은 의전용 삽에 몸을 기댄 채 필립 라킨의 시 「나무들」의 마지막 연을 진심에서 우러나온 목소리로 읊었다.

그래도 그 성들은 해마다 오월이면
완전히 굵게 자라 쉼 없이 철썩이네
성들은 말하는 듯하네, 지난해는 죽었다고
새롭게, 새롭게, 새롭게 시작하라고

---

* 유명인사와 전문적인 댄서가 팀을 이뤄 댄스 경연을 하는 영국 BBC의 텔레비전 프로그램.

바람에 물어뜯기는 초라한 풀숲에서 여왕의 목소리가 분명하고 확실하게 울려 퍼졌다. 여왕은 모여 있는 시 공무원들에게만이 아니라 자기 자신에게도 말하는 듯했다. 여왕은 자신의 인생에 새로운 출발을 기원하고 있었다.

여왕이 독서에 빠져 있기는 했지만, 그 때문에 다른 모든 것에 대한 관심이 그토록 줄어들 것이라고는 아무도 예상하지 못했다. 새 수영장 개장식에 참석할 생각에 여왕의 심장이 딱히 쿵쾅거리지는 않았지만, 그렇다고 여왕이 그런 일을 실제로 몹시 싫어한 적은 전혀 없었다. 여왕의 의무가 — 이곳을 방문하고 저곳에서 회담하는 일들이 — 아무리 따분해도, 지루하다는 생각은 끼어들지 않았다. 그것은 여왕의 임무였고, 매일 아침 일정 노트를 펼칠 때마다 여왕이 관심과 기대를 품지 않은 적은 없었다.

하지만 더는 아니었다. 이제 여왕은 몇 년 뒤까지 무시무시하게 이어지는 순방과 여행과 사업 들을 살피며 끔찍한 기분만 느꼈다. 온전히 자신만의 시간으로 쓸 수 있는 하루는 거의 없었고, 이틀은 아예 없었다. 갑자기 모든 일이 무거운 짐으로만 여겨졌다. 여왕이 책상에서 신음하는 소리를 듣고 하녀가 말했다. "폐하께서는 피곤하신 겁니다. 가끔 발을 위로 올려놓고 쉬셔야 해요."

그 때문이 아니었다. 책 읽기 때문이었다. 여왕은 책 읽기를
사랑했지만, 책장을 펼쳐서 다른 삶으로 들어가는 일이 아예
없었더라면 하고 바랄 때도 있었다. 책 읽기가 여왕을 망쳐놓
았다. 아니, 책 읽기를 위해서 여왕이 망가졌다.

한편 귀빈들이 왔다가 갔고, 그중에는 프랑스 대통령도 있었
다. 장 주네 건으로 프랑스 대통령은 실망스러운 인물임이 밝
혀졌다. 그런 접견을 하고 난 뒤에는 결과를 보고하는 관례가
있는데, 이때 여왕은 그 일을 외무장관에게 말했지만, 외무장
관 역시 그 죄수이자 극작가에 대해 아는 바가 전혀 없었다. 그
래도 여왕은 영불 간의 통화 조정에 관해서 프랑스 대통령이
언급한 바를 이야기하다가 곁길로 새서, 프랑스 대통령이 주네
에 관해서는 아무 쓸모도 없었지만(프랑스 대통령은 '당구장
에 붙어 사는 사람'이라는 말로 얼른 이야기를 끝마쳤다) 프루
스트에 관해서는 정보의 보고였다고 말했다. 여왕은 그때까지
프루스트가 누구인지만 알고 있었다. 외무장관은 프루스트가
누구인지조차 몰라서 여왕은 외무장관에게 조금 언질을 줄 수
있었다.

"안타까울 만큼 끔찍한 삶이었죠. 천식으로 늘 고통받았어요. 누구라도 이 사람을 보면 '이런, 양말을 올려 신어요'라고 말하고 싶을 그런 사람이었죠. 그렇지만 문학으로 가득 찬 삶이었어요. 프루스트는 케이크를 홍차에 담갔을 때(끔찍한 습관이죠) 과거의 삶이 통째로 되살아나는 기묘한 경험을 했어요. 실은, 나도 한번 그렇게 해보았는데 나한테는 전혀 효과가 없더군요. 내가 어릴 때 진짜 특별한 별식은 풀러스* 케이크였죠. 그걸 맛보면 효과가 있을 것 같지만, 그 제과점은 이미 문을 닫은 지 오래지요. 그러니 추억을 되찾을 수도 없겠죠. 이제 끝났죠?" 여왕은 책에 손을 뻗었다.

외무장관과 달리 여왕은 프루스트에 대한 무지를 곧 만회했다. 노먼이 곧장 인터넷에서 프루스트를 찾았고, 소설이 열세 권에 달하는 것을 알아낸 뒤, 여왕이 밸모럴**에서 보낼 여름휴가 때 읽으면 딱 좋겠다고 생각했다. 조지 페인터가 쓴 프루스트 전기도 함께였다. 여왕은 책상 위에 놓인 분홍과 파랑 장정의 책들을 보며 제과점 쇼윈도에서 곧장 나온 것처럼 먹음직스러워 보인다고 생각했다.

---

* 1920년대부터 60년대까지 영국에서 성업한 유명 제과점.
** 스코틀랜드에 위치한 성으로, 엘리자베스 여왕이 여름을 즐겨 보내는 곳으로 유명하다.

그 여름은 쌀쌀하고 눅눅하고 사냥 성과도 적었다. 얼마 안 되는 사냥감을 향해 저녁마다 총소리가 울렸다. 그러나 여왕에게는 (그리고 노먼에게는) 전원시 같은 여름이었다. 책의 세계와 그 책이 읽히는 장소가 그보다 더 극명한 대조를 이루기는 어려웠다. 젖은 언덕 사냥터에서 갑자기 공허한 총소리가 울리고 가끔 비에 젖은 죽은 사슴이 사람들에게 실려 창밖으로 지나가는 동안, 두 사람은 스완의 고통과 베르뒤랭 부인의 비열한 야비함과 샤를뤼스 남작의 어리석음에 몰두했다.

며칠 동안 총리 부부가 밸모럴에 묵기로 되어 있는 것이 일거리였다. 총리는 사냥을 하지 않지만 그의 말을 빌리자면 '여왕과 더 가까워지기를 바라는 마음에', 적어도 잠시나마 여왕과 언덕을 산책할 수 있기를 바랐다. 그러나 토머스 하디는 물론 프루스트는 더 몰랐던 탓에, 총리는 실망만 하게 되었다. 마음과 마음이 통하리라는 바람은 전혀 이루어지지 않았다.

아침을 먹고 난 뒤 여왕은 노먼과 함께 서재로 돌아갔고, 남자들은 랜드로버를 타고 또다시 실망할 날을 향해 출발했다. 총리 부부만 덩그맣게 남았다. 며칠은 사냥하는 사람들과 함께 언덕을 넘고 황야를 지나 축축하고 꼴사나운 점심을 먹기도 했지만, 오후에는 트위드 바닥 깔개와 쿠키밖에 살 게 없는 그 지역 쇼핑에도 지쳐 접견실 한쪽 구석에서 처량하게 모노폴리 게

임을 하고 있었다.

이렇게 보낸 것은 나흘로도 충분했다. 총리 부부는 핑계('중동에 벌어진 문제')를 만들어서 일찍 떠나기로 했다. 총리 부부가 머무는 마지막 저녁에 사람들은 부랴부랴 제스처 게임을 시작했다. 유명한 문구나 잠언을 고르는 것은 여왕의 잘 알려지지 않은 장기 중 하나임이 분명했지만, 그 문구가 여왕에게는 유명한 것일지라도 총리를 비롯한 다른 사람들에게는 미스터리였다.

아무리 상대가 왕실이라 해도 총리는 지기 싫어했다. 한 왕자가, 노먼이 문제를 출제했고 여왕과 노먼이 읽은 책에서 출제한 것(프루스트의 책에서 가져온 것도 몇 개 있었다)이니 여왕이 이길 수밖에 없다고 지적했지만, 그 말도 총리에게는 전혀 위안이 되지 않았다.

여왕이 오랫동안 쓰지 않던 특권을 다시 많이 차지하는 모습에, 총리는 더할 수 없이 화가 났다. 그래서 런던으로 돌아가자마자 지체 없이 자신의 특별 고문을 케빈 경에게 보냈다. 케빈 경은 지금으로서는 노먼이 모든 사람에게 짐스러운 존재라고 지적하면서 특별 고문을 달랬다. 특별 고문은 그 말에는 아랑곳하지 않았다. "그 노먼이라는 놈, 호모인가요?"

케빈 경은 확실하게는 모르지만, 그럴 수도 있다고 생각했다. "아시나요?"

"여왕께서요? 아마 그렇겠죠."

"언론에서는?"

케빈 경은 양볼을 오므렸다 폈다 하며 말했다. "제가 보기에, 언론은 최후에 생각해야 할 것 같습니다."

"맞는 말입니다. 그러면 비서관께 맡겨도 되겠습니까?"

마침 여왕이 캐나다 방문을 앞두고 있을 때였고, 노먼은 여왕과 동행하지 않고 스톡턴온티스*에 있는 고향 집으로 휴가를 가기로 돼 있었다. 노먼은 여왕이 지구 반대편으로 대륙을 오가는 동안 완전히 집중할 만한 책들을 사려 깊게 챙기며 준비를 다 마쳤다. 노먼이 알고 있는 한, 캐나다 사람들은 책을 즐기는 사람들이 아니었고, 일정이 너무 빡빡해서 여왕이 서점에 들를 기회를 찾기도 힘들 것 같았다. 여왕은 그 여행을 고대하고 있었는데, 기차로 많이 이동하게 일정이 짜였기 때문이었다. 여왕은 대륙을 가로지르는 기차에 몸을 싣고 처음 손을 대는 새 뮤얼 피프스의 책을 넘기는 자신의 모습을 그리며 기뻐했다.

그러나 그 여행은, 적어도 초기에는, 끔찍한 일이 되었다. 여왕은 지겨워하고 비협조적이고 시무룩했다. 이 모든 문제에 대해 시종무관들은 당연히 독서를 탓하려 했지만, 이번 경우에는

---

* 잉글랜드 북동부의 상업 도시.

사실이 아니었던 것이, 여왕에게 읽을 책이 전혀 없었기 때문이었다. 노먼이 여왕을 위해 꾸린 책들이 수수께끼처럼 사라졌던 것이다. 히드로 공항에서 왕실의 다른 짐들과 함께 부쳐진 그 책들은 몇 달 뒤 캘거리에서 발견됐고, 그곳 도서관에 전시되면서 조금 별나지만 좋은 전시회로 화제를 모았다. 그사이, 여왕은 마음을 쏟을 곳이 전혀 없었다. 케빈 경이 책을 다른 곳으로 보내도록 꾸민 것은 여왕이 눈앞에 닥친 일에 집중하게 만들려는 의도에서였지만, 여왕은 읽을 책이 없는 나머지 짜증을 내고 까다롭게 굴기만 했다.

북쪽에서는 북극곰들이 여왕을 기다리며 어슬렁거렸지만, 여왕이 나타나지 않자 약속을 더 잘 지키는 유빙 위를 뛰어다녔다. 통나무들이 모이고, 빙하가 얼음물로 미끄러져 들어가도, 여왕의 눈에는 들어오지 않았다. 여왕은 숙소에만 틀어박혀 있었다.

"세인트로렌스 수로를 보러 가지 않을래요?" 공작이 물었다.

"오십 년 전에 내가 개통식을 했잖아요. 달라진 게 있겠어요?"

여왕은 로키산맥도 형식적으로만 흘깃 보았을 뿐이고, 나이아가라폭포는 완전히 무시했다("세 번이나 보았어요"). 그래서 공작은 혼자 갔다.

그렇지만 캐나다 문화계 명사들과 가진 연회에서 여왕은 앨리스 먼로와 대화를 나누게 되었다. 앨리스 먼로가 소설가임을 알게 된 여왕은 책을 한 권 달라고 했고, 그 책을 아주 흡족하게 읽었다. 더 즐거운 일은 먼로의 작품이 많은 데다 먼로가 기꺼이 그 책들을 여왕에게 보냈다는 점이었다.

여왕은 옆에 있던 캐나다 해외통상부장관에게 마음을 털어놓았다. "책을 읽고 마음에 든 작가가 생겼는데, 그 작가가 쓴 책이 그 한 권만 있는 게 아니라, 알고 보니 적어도 열 권은 넘게 있는 거예요. 이보다 더 즐거운 일이 있을까요?"

게다가, 여왕이 입 밖에 내지는 않았지만, 그 책들은 모두 핸드백에 들어가는 페이퍼백이었다. 여왕은 즉시 노먼에게 엽서를 썼다. 영국에 돌아갔을 때 읽을 수 있게 앨리스 먼로의 절판된 책 몇 권을 도서관에서 구해두라고. 아, 얼마나 멋진 선물인가!

그러나 노먼은 거기 없었다.

스톡턴온티스로 출발하기 전날, 노먼은 케빈 경의 사무실로 불려 갔다. 총리의 특별 고문은 노먼을 해고해야 한다고 말한 바 있었다. 케빈 경은 특별 고문을 좋아하지 않았다. 케빈 경은 노먼도 아주 싫어했지만 특별 고문을 더 싫어했고, 그 덕분에 노먼은 위험을 면했다. 게다가 케빈 경은 그런 해고가 품위에

어긋난다고 생각했다. 노먼을 해고할 수는 없었다. 더 깔끔한 해결책이 있었다.

비서관은 상냥하게 말했다. "폐하께서는 늘 고용인의 지위 향상에 노심초사하시지. 폐하께서는 자네가 하고 있는 일에 더 할 수 없이 만족하고 계시지만, 자네가 대학교에 가고 싶어하지 않을까 생각하신다네."

"대학교요?" 대학교에 가고 싶다는 생각을 해본 적이 없는 노먼이 되물었다.

"꼭 집어서 말하자면, 이스트앵글리아 대학교지. 영문학과가 아주 뛰어난 학교고, 문예창작과도 있어. 이름만 들어도 놀랄걸." 케빈 경은 메모지를 내려다보았다. "이언 매큐언, 로즈 트레메인, 가즈오 이시구로……"

"예, 폐하와 함께 읽은 작가들입니다."

'폐하와 함께'라는 말에 비서관은 얼굴을 찡그리며, 이스트앵글리아 대학교가 노먼에게 아주 잘 맞을 것 같다고 말했다.

"어떻게요? 저는 돈이 없습니다."

"그건 문제가 되지 않을걸세. 있잖은가, 폐하께서는 자네 앞길을 막지 않기를 간절히 바라고 계시니까."

"저는 여기 있고 싶습니다. 이곳에 있는 것만도 저한테는 공부가 됩니다."

"그-으-래." 비서관이 말했다. "하지만 그럴 수 없을 것 같네. 폐하께서 다른 사람을 염두에 두고 계시거든. 물론……" 비서관은 도움을 주는 듯한 미소를 지었다. "주방의 일자리도 항상 열려 있고."

그리하여 여왕이 캐나다에서 돌아왔을 때, 늘 앉아 있던 복도 자리에 더이상 노먼은 없었다. 의자는 비어 있었다. 아니, 의자가 아예 없었다. 침대 옆 탁자에 흡족하게 쌓여 있던 책 더미도 없었다. 더 즉각적인 문제는 앨리스 먼로가 얼마나 뛰어난지 이야기할 사람이 전혀 없다는 것이었다.

"노먼은 인기가 없었습니다. 폐하." 케빈 경이 말했다.

"나에게는 인기가 있었어." 여왕이 말했다. "어디로 갔나?"

"모르겠습니다. 폐하."

감수성이 예민한 청년인 노먼은 여왕에게 길고 수다스러운 편지를 썼다. 듣고 있는 강의와 과제로 읽어야 하는 책들을 편지에 적었다. 그러나 '보내주신 편지에 감사드립니다. 여왕 폐하께서는 귀하의 편지를 아주 관심 있게 읽으셨습니다'로 시작하는 답장을 받았을 뿐이었다. 노먼은 자신이 버림받았음을 깨달았다. 그러나 자신을 내친 사람이 여왕인지 비서관인지는 확실히 알 수 없었다.

노먼은 자신이 떠나도록 일을 꾸민 사람이 누구인지 몰랐지만, 여왕은 분명하게 알고 있었다. 노먼은 이동도서관이나 캘 거리로 보내진 책 상자와 같은 길을 갔다. 의전용 마차 쿠션 뒤에 숨긴 책처럼 폭파되지 않은 것이 그나마 다행이었다. 여왕은 노먼을 그리워했다. 그것은 틀림없는 사실이었다. 그러나 편지도 오지 않았고 남겨진 쪽지도 없었으니, 매정하지만 그대로 둘 수밖에 다른 도리가 없었다. 그렇다고 해서 책 읽기를 멈출 수는 없었다.

노먼이 갑작스레 떠났는데도 여왕이 큰 곤란을 겪지 않은 것이 놀랍게 보일지 모르겠다. 또한 여왕의 성격이 야박하게 느껴질지도 모르겠다. 그러나 여왕의 삶에서는 갑작스러운 부재와 느닷없는 이탈이 늘 한 부분을 차지했다. 예를 들어, 여왕은 누가 아프다는 이야기를 들은 적이 없었다. 국왕이라는 지위에 있다는 이유로 여왕은 병에 대한 고뇌는 물론 공감도 느끼지 않아야 했다. 아니, 적어도 여왕의 신하들은 그렇게 생각했다. 죽음이 시종을, 때로 친구를 데려가는 안타까운 일이 생겨도, 여왕은 병에 대해서는 아무것도 모르고 있다가 그제야 처음으로 소식을 듣게 될 때가 많았다. 여왕의 시종은 누구나 '여왕 폐하를 걱정시키면 안 된다'는 것을 원칙으로 삼았다.

물론 노먼은 죽지 않았고 이스트앵글리아 대학교로 갔을 뿐이었지만, 시종무관들이 목격한 대로, 노먼은 죽은 것이나 다름없었다. 노먼은 여왕의 삶에서 사라졌고 따라서 더는 존재하지 않았으며, 여왕을 비롯한 그 누구도 노먼의 이름을 입에 올리지 않았기 때문이다. 그러나 그렇다고 해서 여왕을 비난할 수는 없다고 시종무관들은 뜻을 모았다. 여왕을 비난하는 것은 있을 수 없는 일이었다. 사람들은 죽고, 떠나며, (점점 더 많이) 신문에 이름을 올린다. 여왕에게는 그 모두가 일종의 죽음이었다. 그 사람들은 떠나지만 여왕은 계속 살아갔다.

노먼이 수상쩍게 사라지기 전 여왕은 부끄럽게도, 자신이 노먼보다 빨리 성장하고 있는지, 아니, 더 정확히는 노먼보다 책을 더 많이 읽고 있는지 궁금하게 여기기 시작했다. 처음에 노먼은 여왕을 책의 세계로 이끄는 겸허하고 솔직한 안내자였다. 노먼은 여왕에게 읽을 책을 조언했고, 여왕이 아직 읽을 준비가 되지 않은 듯한 책이 있을 때면 주저 없이 자기 생각을 밝혔다. 예를 들어서 베케트는 오랫동안 여왕 손에 닿지 않게 했고, 나보코프도 그랬으며, 필립 로스는 아주 조금씩만 여왕에게 소개했다(그 순서에 따라 『포트노이의 불평』은 꽤 늦게 여왕에게 소개했다).

여왕은 점점 더 자신이 좋아하는 책을 읽게 되었고, 노먼도 자기가 좋아하는 책을 읽었다. 두 사람은 읽고 있는 책에 대해 이야기를 나누었지만, 여왕은 점차 자신의 삶과 경험이 독서에

도움이 된다고, 책은 읽는 이의 삶과 경험을 넘지 못한다고 느꼈다. 또한 여왕은 노먼의 기호가 때로 미심쩍다는 것도 깨닫게 되었다. 장 주네 때부터 알 수 있듯, 다른 조건이 같다면 노먼은 동성애자 작가를 더 좋아하는 경향이 있었다. 여왕의 마음에 드는 동성애자 작가도 있었지만 — 메리 레놀트의 소설에는 크게 매료되었다 — 그다지 마음에 들지 않은 작가도 있었는데, 예를 들어 불건전하다고 느낀 덴턴 웰치(노먼이 좋아한 작가), 이셔우드(깊이 생각할 시간이 없었다) 등이었다. 한 사람의 독자로서 여왕의 생각은 간단명료했다. 여왕은 무엇에도 빠지기 싫었다.

대화를 나눌 노먼이 없으니, 이제 여왕은 혼자서 더 길게 토론을 나누고 자신의 생각을 종이에 점점 더 많이 적게 되었다. 여왕의 공책은 권수도 늘어났고, 영역도 넓어졌다. '행복을 위한 공식 하나는 지위를 전혀 느끼지 않는 것이다.' 이 말에 여왕은 별을 하나 그린 뒤 그 장 맨 아래에 이렇게 적었다. '나는 이 교훈을 깨달을 수 있는 위치에 있어본 적이 없다.'

'작위 수여를 할 때였다. 아마도 앤서니 파월이었을 것이다. 우리는 나쁜 행동에 대해 이야기를 나누고 있었다. 행동거지가 바르기로 유명한 앤서니 파월은 조금 의례적인 이야기이기는 했지만, 작가라고 해서 인간답게 행동하지 않을 특권이 부여된 것은 아니라고 언급했다. 그러나 여왕에게는 그런 특권이 주어진다(그 말을 입 밖에 내지는 않았다). 나는 항상 인간처럼 보여야 하지만, 인간이 되어야 하는 경우는 거의 없다. 나를 대신해서 그런 일을 할 사람들이 얼마든지 있다.'

이런 생각들과 더불어, 여왕은 언제부터인가 자신이 만난 사람들을 묘사하고 있었다. 꼭 유명한 사람만이 아니었다. 특이한 행동과 말버릇을 적고, 그 사람에게서 들은 이야기, 주로 비밀 이야기를 적었다. 왕가의 스캔들 기사가 신문에 나면, 여왕은 진짜 사실들을 공책에 적었다. 사람들에게 알려지지 않은 스캔들이 있을 때면, 그것 역시 적었다. 그 글들은 모두 진솔하고 알아듣기 쉬운 어조였으며, 여왕은 그것을 자신의 문체로 생각하고 자랑스럽게 여기기까지 했다.

노먼이 없어서 여왕의 독서가 주춤하지는 않았지만 독서의 방향은 바뀌었다. 여왕은 여전히 런던 도서관과 여러 서점에 책을 주문했지만, 노먼이 없으니 그 일은 더이상 두 사람만의 비밀이 아니었다. 이제 여왕은 시녀에게 그 일을 시켜야 했는데, 시녀는 푼돈을 인출하기 전에 감사관에게 알려야 했다. 귀찮은 과정이었다. 가끔은 여왕이 주변에 있는 손자에게 책을 가져오라고 시켜서 그 과정을 피하기도 했다. 손자들은 여왕의 눈에 띄었다는 것만으로도 기뻐하며 기꺼이 심부름을 했고, 사람들은 왕자들이 있는지도 거의 몰랐다. 그러다가 이제 여왕은 자기 도서관의 책을 점점 더 많이 읽었다. 여왕은 특히 윈저 성에 있는 도서관을 즐겨 이용했다. 그곳 서가에는 현대 작품들이 완벽하게 갖춰져 있지는 않아도, 다양한 판본의 고전들이 있었다. 물론 그 가운데에는 발자크, 투르게네프, 필딩, 콘래드 등 작가가 직접 서명한 책도 있었다. 예전 같으면 자기 역량 밖이라고 생각했을 책들이지만, 이제는 늘 연필을 놓지 않고 그 책들을 척척 해치웠다. 그러다 헨리 제임스와도 화해하게 되었다. 이제 여왕은 헨리 제임스의 이리저리 흐르는 이야기도 쉽게 받아들였다. 여왕은 공책에 이렇게 적었다. '어쨌거나 소설이 반드시 지름길로 가야 하는 것은 아니다.' 도서관 사서는 여왕이 스러져가는 마지막 햇빛을 붙잡고 창가에 앉아 있는 모습을 보며 생각했다. 이 오래된 서가가 조지 3세 때 이후로 이보다 더 부지런한 독자를 만난 적이 있었던가.

다른 여러 사람과 마찬가지로 윈저 성 사서도 여왕에게 제인 오스틴의 매력을 힘주어 말했다. 그러나 제인 오스틴이 정말 마음에 들 것이라는 말을 사방에서 듣다보니, 여왕은 오히려 흥미를 아예 잃었다. 게다가 여왕은 제인 오스틴의 독자로서는 약점이 있었는데, 이는 여왕에게만 한정된 약점이었다. 제인 오스틴의 정수는 사회 계층의 차이에 대한 세심한 묘사에 있었

지만, 여왕은 그 독특한 지위 때문에 그 차이를 이해하기가 힘들었다. 왕이라는 지위와 제인 오스틴의 가장 큰 주제 사이에는 간극이 너무 넓어서, 그 밖의 계층 차이란 그저 대동소이해 보일 뿐이었다. 제인 오스틴을 그처럼 거물로 만든 계층 차이의 묘사가 평범한 독자의 눈에는 중요하게 보였겠지만, 여왕에게는 그다지 중요하게 생각되지 않았다. 그래서 여왕은 제인 오스틴의 소설을 계속 읽기가 힘들었다. 어쨌건 무엇보다, 제인 오스틴의 작품은 과장을 조금 보태면 곤충학이나 다름없었다. 등장인물들이 개미는 아니지만, 여왕이 보기에는, 현미경이 필요할 만큼 개미들과 크게 다르지 않았다. 여왕은 문학과 인간 본성을 더 이해한 뒤에야 그 인물들의 개성과 매력을 느낄 수 있을 터였다.

페미니즘 또한 말도 못 꺼내고 쫓겨났다. 적어도 우선, 계층을 나누는 것과 똑같은 이유로, 성을 나누는 것은 여왕을 다른 인간과 나누는 차이에 비하면 아무것도 아니었다.

그러나 제인 오스틴이든 페미니즘이든 도스토옙스키이든, 여왕은 결국에는 다 읽기는 했다. 그 밖에도 많은 것을 읽었지만, 후회가 없던 적은 없었다. 오래전, 여왕은 옥스퍼드에서 열린 만찬에 데이비드 세실 경과 나란히 앉아서 무슨 대화를 해야 할지 안절부절못한 적이 있었다. 하지만 지금은 세실 경이 제인 오스틴에 관한 책들을 썼다는 것을 알게 되었다. 요즘 세실 경과 만난다면 즐겁겠지만, 그는 이미 죽었고, 이제 너무 늦은 일이었다. 너무 늦었다. 모두 너무 늦었다. 그러나 여왕은 계속했다. 평소와 다름없이 결연하게, 항상 따라잡으려고 애쓰면서.

왕가의 일 역시 늘 그랬던 것처럼 매끈하게 계속되었다. 런던에서 윈저로 노픽으로 스코틀랜드로 이동하는 일은, 어쨌든 여왕 입장에서는 전혀 힘들이지 않고 이루어졌다. 그 일의 중심에 있는 사람은 아랑곳없이 늘 똑같은 이동과 전환이 이루어지는 속에서, 여왕은 잉여물이 된 것 같은 기분을 느끼기도 했다. 그 출발과 도착의 의례에서 여왕은 그저 짐 가방일 뿐이었다. 가장 중요한 가방이라는 데에는 반론의 여지가 없었지만, 그래도 어쨌거나 가방은 가방이었다.

한 가지 면에서 이 여정들이 과거보다 좋아지기는 했다. 그 여정들 중심에 있는 사람이 대개는 책에 코를 박고 있었기 때문이다. 버킹엄 궁전에서 차를 타고 윈저 성에서 내릴 때까지, 여왕은 크레타 섬에서 철수하는 크로치백 선장 곁을 한 번도 떠나지 않았다.[*] 스코틀랜드로 갈 때는 트리스트럼 샌디[**]를 벗삼아 행복하게 (가끔은 분통을 터뜨리며) 날아갔다. 트리스트럼 샌디가 지루해질 때면, 앤서니 트롤럽이 가까이 있었다. 그리하여 여왕은 고분고분하고 유순한 여행자가 되었다. 사실, 여왕은 전처럼 시간을 정확히 지키지는 않았으며, 안뜰 캐노피에서 자동차가 대기하고 있고 뒷자리에서 공작이 점점 안달복달하는 모습은 어느새 친숙한 광경이 되었다. 마침내 여왕이 서둘러 자동차로 갈 때도, 여왕은 안달복달하는 적이 없었다. 어쨌든 여왕에게는 책이 있었으니까.

그러나 여왕의 식솔들에게는 그런 위안물이 없었다. 특히 시종무관들은 점점 반항적이고 비판적으로 변하고 있었다. 그들은 세련된 데다 뛰어난 예의범절을 갖추었지만 근본적으로 일개 무대감독일 뿐이다. 경의를 표해야 할 때면, 시종무관들은 이것이 보이기 위한 공연이고 자신은 그 공연을 책임지고 있으며 여왕은 주인공을 연기한다는 것을 잘 알고 있었다.

관객 혹은 청중 — 여왕이 연관된 곳에서는 모든 사람이 청중이다 — 은 이것이 공연이라는 것을 알고 있으면서도, 그렇지 않다고 스스로를 타일렀다. 자신들이 더 '자연스럽고' 더 '현실적인' 말과 행동을 엿듣고 엿본다고 생각했다. 예를 들어, 얼

* 이블린 위의 전쟁 삼부작 『명예의 검』을 일컫는다.
** 로렌스 스턴의 소설 『트리스트럼 샌디의 삶과 견해』를 말한다.

어들은 특이한 말(여왕의 어머니가 했다는 '진토닉 마시고 싶어서 죽겠어', 여왕의 남편인 필립 공이 했다는 '버르장머리 없는 자식들') 혹은 가든파티에서 의자에 앉아 있던 여왕이 구두를 벗어던지며 기뻐하는 모습 등 말이다. 물론, 솔직하게 보일 법한 이런 순간들도 왕가가 가장 관습적으로 해온 공연에 불과한 게 사실이다. 이를 직접 목격하거나 얻어들은 사람들은 그것이 여왕과 그 가족의 가장 인간적이고 자연스러운 모습이라고 생각하지만, 이 쇼나 막간극은 평범을 연기한 것이라고 할 수 있으며, 가장 공식적인 행사만큼이나 꾸며진 것이었다. 형식을 갖추든 갖추지 않든, 대중의 눈에 정말 자연스럽게 보이는 그 모든 것은 사실 스스로를 드러내는 공연이었고, 즉흥적으로 보이는 순간은 별도로 하더라도, 그 공연의 일익을 담당하는 것은 시종무관들이었다.

진실되게 보이게끔 만들어진 이 순간들, 여왕의 '진짜 모습'인 양 흘깃 드러나던 그 모습들이 덜 보여지고 있다고 시종무관들은 점점 절실히 느끼게 되었다. 여왕은 자기 임무를 모두 부지런히 수행하고 있었지만 그뿐이었다. 이제는 예전처럼 규범을 깨트리는 듯 꾸미는 일도 없었고, 연습하지 않은 말처럼 들리게끔 하는 말(젊은이에게 훈장 핀을 꽂으며 이렇게 말하기도 했다. "조심하게. 자네 심장을 찌르고 싶지 않으니까"), 사람들이 초대장과 특별 주차권, 궁 구내 지도와 함께 집으로 가져가 소중히 간직할 만한 말도 거의 하지 않았다.

여전히 여왕은 격식을 갖추고 미소를 지으며 다정해 보였지만, 치레가 없었고 즉흥적인 척 연기하여 의전행사를 생동감 있게 만드는 일도 전혀 없었다. 시종무관들은 생각했다. '형편없는 쇼야.' '형편없는 쇼'란 에두르지 않은, 말 그대로 여왕이 연기를 지루하게 하는 '형편없는 쇼'라는 의미였다. 시종무관들 역시 그런 순간이 미리 짜이지 않은 자연스러운 것인 양, 여왕의 유머 감각이 진짜로 발휘된 것인 양 공모하고 있었으므로, 그런 순간이 사라진 것에 사람들의 이목을 끌어올 입장은 아니었다.

임명식이 있었다.

"폐하, 오늘 아침에는 덜 즉흥적이셨습니다." 조금 더 대담한 시종무관이 과감히 입을 열었다.

"그랬나?" 여왕이 말했다. 예전이라면 이런 아주 작은 비판에도 엄청나게 기분이 상했겠지만, 요즘은 거의 영향을 받지 않았다. "왜 그랬는지 알 것 같네. 있잖나, 제럴드, 사람들이 짐 앞에 무릎을 꿇고 짐은 사람들을 내려다보잖아. 그러면 정수리가 아주 잘 보인다네. 그런 각도에서 보고 있으면, 상대가 아무리 공감이 가지 않는 인물이라도 가슴이 찡해지지. 머리가 벗어지기 시작하는 것도 보이고, 칼라 위로 자라는 머리카락도 보이니까. 짐은 거의 모성애에 가까운 감정을 느낀다네."

전에는 여왕이 그런 속내를 내비친 적이 없었으므로, 아첨을 했어야 할 시종무관은 멋쩍어서 당황하기만 했다. 이것은 시종무관이 이전에는 전혀 깨닫지 못했던 여왕의 진짜 인간적인 면이었고, 시종무관은 그런 모습이 (가짜 인간적인 면들과는 달리) 전혀 달갑지 않았다. 여왕 자신은 그런 감정이 책 읽기에서 비롯되었을 것이라고 생각한 반면, 젊은 시종무관은 여왕이 자기 나이를 드러내기 시작한 것이라고 여겼다. 감수성이 싹트는 것을 노망이 시작되는 것으로 오해한 것이다.

누구라도 여왕 앞에서는 당황했으므로, 여왕은 사람들이 당황하는 것에는 면역이 되어 있었다. 그래서 전 같으면 젊은 시종무관이 당황하는 모습을 미처 알아차리지 못했을 것이다. 그러나 이제 그 모습을 알아챌 수 있었고, 그리하여 여왕은 앞으로 자기 생각을 아무에게나 드러내지 말아야겠다고 마음먹었다. 이 나라의 많은 사람들이 여왕의 솔직한 생각을 바랐으므로, 어느 면에서는 안타까운 일이었다. 대신 여왕은 자신의 속내를 공책에만 쓰겠다고 결심했다. 공책이라면 여왕의 속내에 해를 입을 일이 없을 테니까.

여왕은 감정을 드러내는 법이 없었다. 그렇게 교육받지 않았다. 그러나 요즘에는, 특히 다이애나 왕세자비의 죽음 이후에는, 점점 더, 혼자 간직하고 싶은 감정들을 공공연하게 밝히지 않을 수 없게 되었다. 그러나 당시는 아직 책을 읽기 시작하기 전이었다. 여왕은 최근에 와서야 자신의 곤경이 특별한 것이 아니며, 다른 사람들과, 특히 코딜리어와 함께하는 것이라고 이해하게 되었다. 여왕은 공책에 적었다. "내가 늘 셰익스피어를 이해하는 것은 아니지만, '제 마음을 입에 담지는 못 하겠습니다'라는 코딜리어의 생각은 나도 기꺼이 지지할 수 있다. 나는 코딜리어와 같은 곤경에 처해 있다."

여왕은 공책에 무엇을 적을 때면 사람들 눈에 띄지 않게 늘 조심했지만, 시종무관의 눈에는 그렇게 보이지 않았다. 시종무관은 여왕이 무얼 적는 모습을 한두 번 목격했고, 그것 역시 노망의 징후일지 모른다고 생각했다. 대체 여왕이 적어야 할 게 뭐가 있단 말인가? 예전에 여왕은 무엇을 적은 적이 없었다. 노년에 일어나는 다른 행동 변화와 마찬가지로, 적는 것 역시 노망의 징후로 여겨졌다.

"알츠하이머병이 아닐까? 그 병에 걸리면 기억을 못하니까 계속 적는다지 않아?" 또다른 젊은 시종이 말했다. 적는 습관과 더불어, 여왕이 점차 외모에 무관심해지는 것 때문에 시종들은 최악의 상황을 걱정하게 되었다.

여왕이 알츠하이머병을 앓을 수도 있다는 사실은 충격이었다. '인간적'으로 동정심을 느끼게 하는 확실한 충격이었다. 그러나 제럴드를 비롯한 시종무관들은 더 미묘한 유감을 느꼈다. 여왕의 삶은 늘 아주 비범했다. 그런데 그랬던 여왕이 이제 그 품위 없는 병을 다른 많은 일반인들과 함께해야 하다니. 제럴드가 보기에 이는 안타까운 일이었다. 알츠하이머라는 평민적인 이름과 그 이름을 딴 아주 흔한 병이 여왕을 해치지 못하도록, 여왕의 행동(더 폭넓게는 왕가의 행동)이 심하게 이상해지기 전까지는 여왕의 건강 악화를 비밀에 부쳐야 한다고 생각했다. 제럴드가 귀납법이 무엇인지 알았다면, 귀납법으로 유추할 수도 있었을 것이다. 알츠하이머병은 평범하다. 여왕은 평범하지 않다. 그러므로 여왕은 알츠하이머병에 걸리지 않는다.

물론 여왕은 알츠하이머병에 걸리지 않았다. 사실 여왕의 머리는 더할 수 없이 예리했고, 시종무관과는 달리 귀납법이 무엇인지도 분명히 알고 있었다.

게다가 공책에 뭘 적는 것과 꽤 습관적으로 늦는 것 외에, 노망의 징후가 무엇이 있었나? 같은 브로치를 계속 달거나 며칠 내리 같은 슬리퍼를 신는 것? 사실 여왕은 그런 것에 신경 쓰지 않았다. 아니 전처럼 크게 신경 쓰지 않았다. 여왕이 신경 쓰지 않으니, 수행원들도 인간인 이상 여왕을 따라 신경을 덜 쓰기 시작했고, 이전의 여왕이라면 절대 용납하지 않았을 정도까지 노력을 게을리했다. 전에 여왕은 늘 아주 신경 써서 옷을 입었다. 의상에 관해, 수많은 액세서리에 관해, 여왕은 백과사전적인 지식을 갖추고 있었고, 다양한 옷으로 여러 모습을 보이기 위해 늘 세심하게 주의를 기울였다. 하지만 지금은 아니었다. 보통 여자라면 두 주 동안 똑같은 원피스를 두 번 입었다고 해서 아무렇게 차리는 사람이나 겉모습에 소홀한 사람으로 여겨지지는 않는다. 그러나 마지막 버클까지 철저하게 단속하며 의상을 중요하게 여기던 여왕이 그렇게 같은 옷을 반복해서 입으니, 스스로에게 강요했던 단정함의 기준에서 엄청나게 벗어나고 있는 징후로 보였다.

"괜찮으십니까, 폐하?" 시녀가 과감히 물었다.

"뭐가?" 그것으로 어느 정도 대답이 되었지만, 시녀는 그 말에서 아무 뜻도 읽지 못하고 무엇이 크게 잘못되었다는 확신만 했을 뿐이다. 그래서 시종무관들과 마찬가지로 여왕의 개인 시종들도 긴 퇴락을 준비하기 시작했다.

총리는 여전히 매주 여왕을 만났지만, 여왕의 옷이 가끔 바뀌지 않은 그대로이거나 똑같은 귀고리를 하고 있다는 것은 알아차리지 못했다.

늘 그랬던 것은 아니다. 임기 초기에는 여왕의 옷차림과 늘 신중하게 고른 액세서리를 자주 칭찬했다. 물론 그때는 총리도 젊었고 그런 칭찬을 친밀감의 표시라고 생각했지만, 여왕을 약 올리려는 의도도 없지 않았다. 그때는 여왕도 더 젊었지만 약 올라 하지 않았다. 여왕은 일을 해온 지 이미 오래였고, 그런 칭찬은 총리들 대부분이(히스와 대처를 빼고) 내놓는 사탕발림 일 뿐이며, 총리와 여왕의 주간 접견이 참신함을 잃어갈수록 그런 인사치레도 줄어든다는 것을 잘 알고 있었다.

총리가 여왕의 겉모습에 관심을 덜 보이는 것과 여왕의 말 에 귀를 덜 기울이는 것은 비례했고, 이것은 여왕과 총리 사이 에 계속되는 또하나의 신화 같은 일이었다. 여왕의 모습이 어 떤지 그리고 여왕이 무슨 생각을 하는지, 그 두 가지 모두 그 중요성이 줄어들고, 따라서 귀고리를 했든 안 했든, 여왕은 어 쩌다가 총리의 말에 논평을 하면서도, 자신이 안전 규칙을 쭉 설명하고 있는 항공 승무원과 다를 바 없다는 기분을 느꼈다. 항공 승무원이 안전 규칙을 설명하고 있으면, 전에 이미 다 들 은 승객은 승무원에게 관용이라도 베풀듯 최소한의 주의만 기 울이며 듣고 있지 않은가. 그 승객의 표정이 딱 총리의 표정 그 대로였다.

그러나 무관심과 지루함이 총리만의 것은 아니었다. 책을 더 많이 읽기 시작한 뒤로, 여왕은 이런 회의에 빼앗기는 시간이 못마땅했다. 그래서 독서를 통해 배운 것들과 읽고 있던 역사에 관한 지식들을 끌어들여 회의 시간에 활기를 불어넣고자 했다.

좋은 생각은 아니었다. 총리는 과거를 완전히 다 믿지도 않았고 과거에서 교훈을 얻을 수 있다고도 생각하지 않았다. 어느 오후, 총리가 여왕에게 중동 문제를 이야기하고 있을 때였다. 여왕이 용기를 내어 말했다. "아시겠지만, 그곳이 문명의 발생지죠."

"그리고 다시 그렇게 될 겁니다, 폐하. 우리가 끝까지 해낼 수 있다면 말입니다." 총리는 그렇게 말한 뒤 재빨리 지엽적인 이야기로 돌아가서, 새로 놓인 하수관의 길이와 변전소 공급 상황을 늘어놓았다.

여왕이 다시 끼어들었다. "짐은 그 일이 고고학적 유물에 손실을 끼치지 않았으면 좋겠군요. 우르를 알고 있나요?"

총리는 우르를 몰랐다. 그래서 여왕은 총리가 궁을 나설 때 도움이 될 만한 책 두 권을 찾아주었다. 다음주에 여왕은 총리에게 그 책들을 읽었는지 물었다(총리는 읽지 않았다).

"아주 흥미로웠습니다, 폐하."

"아, 그렇다면 총리의 흥미를 더할 책을 찾아야겠군요. 이것

참, 즐겁네요."

　이번에는 이란 이야기가 나왔고, 여왕은 총리에게 페르시아 혹은 이란의 역사를 아는지 묻고(총리는 페르시아와 이란을 연결지어 생각해본 적도 거의 없었다), 총리에게 그에 관한 책을 한 권 주었다. 이런 일이 두세 차례 있은 뒤 여왕이 이런 대화에 관심을 갖기 시작하자, 지금까지 총리가 자신의 일주일 일정 가운데 편안한 오아시스로 여기고 기대해왔던 화요일 저녁이 이제 수심으로 가득한 짐이 되었다. 여왕은 그 책들이 숙제라도 되는 양 책에 대해 묻기까지 했다. 여왕은 총리가 읽지 않은 것을 알고도 너그럽게 미소를 지었다.

　"총리, 내가 겪어온 총리들은, 맥밀런은 예외였지만, 자신을 위해 독서하기를 좋아했습니다."

　"폐하, 저는 바쁩니다."

　"짐도 바빠요." 여왕은 손을 뻗어서 책을 집었다. "다음주에 만납시다."

　결국 케빈 경은 총리 특별 고문의 전화를 받았다.

　"경의 고용주가 제 고용주를 힘들게 하고 있어요."

　"예?"

　"예. 폐하께서 총리에게 책을 읽으라고 빌려주고 있어요. 그게 문제예요."

"폐하께서는 독서를 좋아하십니다."

"나도 누가 내 좆을 빠는 게 좋아요. 그렇다고 해서 총리 각하한테 내 좆을 빨라고 하지는 않아요. 이제 무슨 말인지 확실히 알겠죠?"

"폐하께 말씀드려보겠습니다."

"꼭 그렇게 하세요. 당장 그만두시라는 말도 잊지 말고요."

케빈 경은 여왕에게 이야기하지 않았으며, 그만두라는 말은 더더욱 하지 않았다. 대신 자존심을 누르고 클라우드 경을 만나러 갔다.

햄프턴코트*에 자리 잡은 멋진 17세기 풍의 우아하고 아름다운 별장. 그곳 아담한 정원에서 클라우드 폴링턴 경은 무언가 읽고 있었다. 아니 읽을 생각이었지만, 사실 졸고 있었다. 읽을 것은 윈저 성 도서관에서 상자에 담아 보낸 기밀 서류들이었는데, 그것을 열람할 수 있는 것은 고령의 왕실 시종인 클라우드 경에게 주어진 특권이었다. 클라우드 경은 아흔 살이 넘었지만, 대외적으로는 아직도 '천상의 천역(賤役)'이라는 가제의 비

---

* 런던 남쪽 템스 강 옆에 위치한 영국의 예전 왕궁.

망록을 쓰고 있는 것으로 되어 있었다.

클라우드 경은 열여덟 살 때 해로 스쿨*에서 곧장 왕궁으로 들어와 조지 5세의 시종이 되었다. 경 스스로도 즐겨 회상하는데, 왕궁에서 맡은 첫 임무는 우표 뒤를 혀로 핥는 것이었다. 꼼꼼하고 깐깐한 조지 5세는 우표를 수집하며 수많은 앨범에 우표를 붙였다. 클라우드 경은 수 로리**에게 이렇게 털어놓기도 했다. "유전자 감식을 받을 일이 있으면, 나는 금방 들통날 겁니다. 수십 권이나 되는 왕가 우표 수집 앨범에서 우표 뒤를 확인하기만 하면 되죠. 특히, 지금 생각나는 건, 폐하께서 투바 공화국 우표***들을 저속하고 품위 없다고까지 느끼셨지만, 그래도 모아야 한다고 생각하셨던 일입니다. 조지 5세께서는 그런 분이셨죠. 지나치다 싶을 만큼 열심이셨어요." 그런 다음 클라우드 경은 어니스트 러프가 부른 〈비둘기의 날개 O for the Wings of a Dove〉 레코드를 골랐다.****

* 영국의 명문 고등학교.
** 영국의 방송 진행자.
*** 몽골에 인접한 러시아 자치 공화국인 투바 공화국은 1920~30년대에 세모꼴, 마름모꼴 등의 우표를 발행했는데, 이 우표가 유럽 수집가들 사이에서 화제를 모았다.
**** 어니스트 러프는 영국의 유명한 보이 소프라노로, 멘델스존의 합창곡 〈나의 기도를 들으소서〉 중 솔로로 노래한 〈비둘기의 날개〉로 유명하다.

클라우드 경의 작은 응접실 벽에는 그토록 충성스럽게 모신 여러 왕족의 사진 액자가 빽빽이 걸려 있었다. 애스콧 경마장에서 왕의 쌍안경을 들고 있는 클라우드 경. 멀리 떨어진 사슴을 겨냥하고 있는 왕 옆에 낮게 엎드려 있는 클라우드 경. 해로게이트 골동품점에서 나오는 메리 왕비*를 뒤따르는 클라우드 경의 젊은 시절 모습도 있는데, 경의 얼굴은 운 나쁜 골동품상이 마지못해 왕비에게 선사한 웨지우드 화병이 담긴 상자에 가려 있다. 줄무늬 저지 제복을 입은 채 날린 호 선원들을 돕고 있는 클라우드 경의 사진도 있었다. 운명의 지중해 항해에서 요트 모자를 쓰고 있는 사람은 심프슨 부인으로, 이 사진은 걸었다가 떼었다가 했는데, 지금 여왕의 어머니인 엘리자베스 왕태후가 차를 마시러 꽤 자주 들러서, 왕태후가 들를 때에는 절대 걸어놓지 않았다.**

클라우드 경이 관여하지 않은 왕가 사람은 별로 없었다. 조지 5세를 모신 뒤 에드워드 8세를 짧게 모셨고, 그다음에는 자

* 조지 5세의 아내.
** 윈저 공은 1936년 에드워드 8세로 왕위에 올랐으나 이혼 경력이 있는 미국 여성 심프슨 부인과의 사랑을 위해 일 년도 못 가 왕위를 포기했다. 윈저 공의 요트 이름이 날린 호이다. 에드워드 8세의 뒤를 이어 동생인 앨버트 왕자가 왕권을 계승하여 조지 6세가 되었고, 갑작스레 왕비가 된 엘리자베스 왕태후는 동서 사이인 심프슨 부인을 몹시 싫어했다.

연스레 에드워드 8세의 동생인 조지 6세를 모셨다. 클라우드 경은 왕가에서 여러 역할을 담당해오다 마지막으로 여왕의 비서관을 맡았다. 그 자리에서도 은퇴한 지 오래지만 여전히 여왕에게 자주 조언을 하고 있었다. 클라우드 경은 '믿을 만한 사람'이라는 표현의 살아 있는 화신이었다.

그러나 이제 클라우드 경은 손을 좀 떨었고 청결에도 전만큼 신경을 쓰지 않았다. 케빈 경은 향기로운 정원에 앉아 있으면서도 숨을 참아야 할 정도였다.

"안으로 들어갈까요? 차를 들지그래요?" 클라우드 경이 말했다.

"아니요, 아닙니다. 여기가 더 좋습니다." 케빈 경이 우물쭈물 대답했다.

케빈 경은 문제를 설명했다.

"독서?" 클라우드 경이 말했다. "독서가 해로울 리 없잖아요? 여왕 폐하는 이름을 따라가시는군요. 엘리자베스 1세도 독서광이셨죠. 물론 그때는 지금보다 책이 적었습니다만. 폐하의 어머니인 엘리자베스 왕태후도 책을 좋아하셨어요. 메리 왕비는 당연히 그렇지 않으셨죠. 조지 5세를 보세요. 그분은 우표 수집에 열성이셨어요. 내가 처음 한 일이 그것이었죠. 우표에 침을 바르는 것."

클라우드 경보다 나이가 많은 사람이 차를 내왔다. 케빈 경은 조심스레 차를 마셨다.

"폐하는 경을 아주 좋아하십니다. 클라우드 경."

"나도 폐하를 좋아합니다. 폐하가 어릴 때부터 폐하를 모셨죠. 내 평생을요."

클라우드 경의 인생은 특별했다. 젊은 시절 클라우드 경은 전쟁에 나가 훈장과 표창을 여러 차례 받았고, 마지막에는 장성급으로 복무하기도 했다.

클라우드 경이 즐겨 하는 농담을 꺼냈다. "내 평생 세 분의 여왕을 모셨죠. 세 분 모두와 잘 지냈습니다. 전혀 잘 지낼 수 없었던 여왕은 단 한 분, 필드 마셜 몽고메리뿐이었습니다."*

"폐하는 경의 말에 귀를 기울이십니다." 케빈 경은 스펀지케이크를 먹어도 탈이 나지 않을까 생각하며 말했다.

"나도 그렇게 생각하고 싶어요. 그렇지만 뭐라고 말하겠습니까? 독서라. 참으로 이상하네요. 자, 많이 드세요."

바로 그때, 케빈 경은 아이싱이라고 생각한 것이 사실은 곰팡이임을 깨닫고 케이크를 가방에 넣으려 애썼다.

---

* 필드 마셜 몽고메리는 2차 대전 당시 알 알라메인 전투와 노르망디 상륙 작전에서 활약한 영국 군인 버나드 몽고메리로, 여왕이라는 말은 몽고메리가 까탈스럽고 동성애자로 알려진 것을 빗댄 것이다.

"폐하에게 폐하의 의무를 일깨워주시면 어떨까요?"

"폐하에게는 그런 일깨움을 드릴 일이 전혀 없었습니다. 내 생각을 말하자면, 폐하의 임무가 너무 많아요. 어디 보자……"

노인이 곰곰 생각에 빠진 동안 케빈 경은 기다렸다.

시간이 좀 지난 뒤에야 케빈 경은 클라우드 경이 잠들었다는 것을 알아차렸다. 케빈 경이 소리를 내며 자리에서 일어섰다.

"내가 가지요. 외출을 한 지 꽤 오래됐어요. 자동차를 보내실 거죠?" 클라우드 경이 말했다.

"물론입니다. 일어나지 마십시오." 케빈 경이 악수를 하며 말했다.

가고 있는 케빈 경의 등 뒤에서 클라우드 경이 소리쳤다.

"경이 그 뉴질랜드 사람 맞죠?"

"폐하, 클라우드 경을 정원에서 만나시는 것이 좋을 듯합니다." 시종무관이 말했다.

"정원?"

"야외 말씀입니다. 폐하. 바깥 공기를 마실 수 있는 곳이요."

여왕은 시종무관을 바라보았다. "클라우드 경이 냄새가 난다는 뜻인가?"

"확실히 조금 그런 편입니다, 폐하."

"가엾어라." 여왕은 종종 괘씸히 여기지 않을 수 없었다. 사람들은 내가 어디로 나이를 먹는다고 생각하는 걸까. "아니, 여기로 올라오시게 해."

그렇지만 창을 열자는 시종무관의 제안에는 반대하지 않았다.

"무슨 일로 나를 보자고 하는 거지?"

"전혀 모르겠습니다, 폐하."

클라우드 경은 지팡이 두 개를 짚고 들어왔다. 문에서 한 번 고개를 숙여 인사한 뒤, 여왕이 앉으라고 손짓하느라 앞으로 손을 내밀자 또 한번 고개를 숙였다. 여왕의 미소는 다정함을 잃지 않았고 태도도 변하지 않았지만, 시종무관의 말이 과장은 아니었다.

"잘 지냈나요, 클라우드 경?"

"아주 잘 지냈습니다, 폐하. 폐하께서는 어떠십니까?"

"아주 잘 지내요."

여왕은 기다렸다. 그러나 신하의 도리를 잘 알고 있는 클라우드 경 역시 먼저 이야기를 꺼내지 않고 여왕과 마찬가지로 기다렸다.

"왜 나를 보자고 했나요?"

클라우드 경이 기억을 떠올리려고 애쓰는 사이, 여왕은 경의

코트 깃 아래에 암초처럼 얕게 모인 비듬, 넥타이에 묻은 달걀 굳은 자국, 축 늘어져 흔들거리는 큰 귀 속의 귀지를 볼 수 있었다. 예전에는 여왕이 미처 알아차릴 수도 없고 눈에 띄지도 않는 약점이었지만, 이제는 그것들이 여왕의 시선에 자기주장을 힘주어 펼치고 있었다. 여왕은 그 모습에 평정을 잃고 비탄마저 느꼈다. 불쌍한 사람. 토브럭 전투에서 싸우기도 했는데. 그 일을 꼭 적어두어야지.

"독서 때문입니다. 폐하."

"제대로 못 들었어요. 뭐라고요?"

"폐하께서 독서를 시작하셨다면서요."

"아니요, 클라우드 경. 짐은 늘 책을 읽었어요. 요즘 더 많이 읽고 있는 것뿐이죠."

이제, 당연히 여왕은 클라우드 경이 왜 왔는지 누가 시켰는지 알게 되었다. 여왕의 반평생을 보아온 이 목격자는 완전히 불쌍한 존재에서 이제 여왕을 박해하는 사람들 중 하나가 되었다. 동정심은 모두 흩어져 사라졌고, 여왕은 평정을 되찾았다.

"독서 자체에는 아무 해가 없습니다. 폐하."

"그 말을 들으니 안심이 되는군요."

"지나치게 치우칠 때가 문제입니다. 그러면 폐단이 생깁니다."

"짐이 독서를 자제해야 한다는 말인가요?"

"폐하께서는 아주 모범적인 생활을 해오셨습니다. 독서가 폐하의 취미를 차지한 것은 당연하다고 할 수 있습니다. 폐하께서는 어떤 일에라도 그처럼 열성적으로 눈썹을 치켜세우며 열중하셨습니다."

"그럴 수도 있겠죠. 하지만 짐은 눈썹을 치켜세우며 살아오지 않았어요. 짐은 때때로 그런 일이 자기과시에 불과하다고 느껴요."

"폐하께서는 말 타기를 늘 좋아하셨습니다."

"그건 사실이에요. 요즘 조금 흥미를 잃었을 뿐이고."

"아, 그러시면 안 됩니다." 클라우드 경은 그 말을 한 뒤, 말 타기와 책 읽기 사이에 있을 수 있는 타협점을 찾았다. "폐하의 어머니께서는 딕 프랜시스의 팬이셨습니다."*

"나도 한두 권 읽었어요. 짐에게는 그저 그랬지만. 알고 보니, 말에 대해서는 스위프트가 아주 잘 썼더군요." 여왕이 말했다.

클라우드 경은 무겁게 고개를 끄덕였다. 스위프트를 읽은 적이 없어서 달리 더 이야기할 것을 못 찾는 듯했다.

두 사람이 정적 속에 앉아 있은 것은 잠깐이었지만, 클라우

---

* 딕 프랜시스는 영국 챔피언 기수로, 1953년에서 1957년까지 엘리자베스 왕태후의 기수를 맡았으며, 1957년에는 자서전 『여왕의 스포츠』로 명성을 얻은 뒤 소설가로 유명해졌다.

드 경이 잠들기에는 충분한 시간이었다. 여왕은 이런 일을 겪어본 적이 거의 없었고(어떤 의전 행사에서 장관 한 명이 여왕 옆에서 꾸벅거린 적은 있었다), 그런 일이 있을 때면 여왕은 가차 없이 단호하게 대응했다. 여왕도 자고 싶은 유혹을 느낄 때가 많았지만, 일을 앞에 두고는 그러지 않았다. 그러나 지금, 여왕은 노인을 깨우기보다 그 힘겨운 숨소리를 들으며 그냥 기다렸다. 쇠약함에 뒤덮여 이렇게 노쇠해질 때까지 자신에게는 얼마의 시간이 남았을지 생각하면서. 클라우드 경은 메시지를 받아서 왔다. 여왕도 그 점을 잘 알고 있었고 그것이 마음에 들지 않았지만, 어쩌면 클라우드 경이라는 사람 자체가 메시지인지도 몰랐다. 달갑지 않은 미래를 알리는 전조.

여왕은 책상에서 공책을 집어서 바닥에 떨어뜨렸다. 클라우드 경은 방금 여왕이 한 말을 잘 들었다는 듯 미소를 지은 채 고개를 끄덕였다.

"비망록은 어떻게 되어가나요?" 여왕이 물었다. 클라우드 경의 비망록은 너무도 오래 집필 중이기만 해서 왕실에서는 그 일이 우스갯말이 되었다. "얼마나 나아갔나요?"

"아, 폐하, 결과가 많지는 않습니다. 매일 조금씩만 쓰고 있습니다."

물론 그렇게 하고 있지 않았다. 이어서 클라우드 경의 입에서 나온 말은 정말이지, 비망록에 대해 여왕이 더 묻지 않도록 미리 막기 위한 것뿐이었다. "폐하께서도 책을 쓰실 생각을 해 보셨습니까?"

"아니." 여왕은 그렇게 대답했지만, 거짓말이었다. "짐이 어디 시간이 있겠어요?"

"책 읽을 시간은 찾으셨잖습니까."

그 말은 책망이었고, 여왕은 책망을 좋게 받아들이는 사람이 아니었다. 그러나 그 순간에는 너그러이 넘어갔다.

"짐이 무엇을 써야 할까요?"

"폐하께서 사신 삶 자체가 흥미롭습니다."

"그래, 그렇지요."

사실, 클라우드 경은 여왕이 무엇을 써야 할지, 아니, 여왕이 책을 쓰기는 해야 할지, 아무 생각이 없었다. 책을 쓰라는 제안은 단지 여왕이 독서를 멀리하게끔 꺼낸 말이었다. 경의 경험상, 책을 쓰는 일은 끝마치기 어렵기 때문이었다. 책을 쓰는 일은 막다른 길이었다. 클라우드 경은 비망록을 스무 해 동안 써 왔지만, 쉰 쪽도 채 못 썼다.

"예." 클라우드 경이 단호하게 말했다. "폐하께서는 책을 쓰셔야 합니다. 제가 폐하께 도움이 될 만한 말씀을 감히 드려도 되겠습니까? 도입부부터 시작하지 마십시오. 그게 제 실수였습니다. 중간 부분부터 시작하십시오. 순서대로 하려는 것이 커다란 방해가 됩니다."

"또다른 이야기가 있나요, 클라우드 경?"

여왕은 활짝 미소를 지었다. 접견은 끝났다. 그 사실을 여왕이 어떻게 알리는지 클라우드 경에게는 늘 미스터리였다. 그러나 종이 울린 것처럼 명확했다. 시종무관이 문을 여는 동안, 클라우드 경은 힘겹게 일어선 뒤, 문에 다다른 다음 돌아서서 다시 한번 고개를 숙여 인사했고, 그런 뒤 두 지팡이로 쿵쿵 소리를 내며 천천히 복도를 지나갔다. 두 지팡이 중 하나는 여왕의 어머니에게서 받은 선물이었다.

여왕은 정원에서 바람이 들어오도록 창문을 더 활짝 열었다. 시종무관이 돌아오자, 여왕은 눈썹을 치켜세우며 클라우드 경이 앉았던 의자를 가리켰다. 의자 실크 쿠션에는 이제 젖은 얼룩이 남아 있었다. 젊은 시종무관은 아무 말 없이 의자를 치웠고, 여왕은 정원으로 나가기에 앞서 책과 카디건을 모았다.

시종무관이 다른 의자를 가지고 돌아왔을 때 이미 여왕은 테라스로 나간 뒤였다. 시종무관은 의자를 내려놓고 오랫동안 해온 익숙한 솜씨로 재빨리 방을 정리했다. 그러다가 바닥에 떨어져 있는 여왕의 공책을 발견했다. 공책을 집어서 책상 위에 놓기 전에 여왕이 없을 때 내용을 엿볼 수 있지 않을까 생각하며

잠시 망설였지만, 그 순간 여왕이 문간에 다시 나타났다.

"고맙네, 제럴드." 여왕은 그렇게 말하고 손을 내밀었다.

여왕은 공책을 받은 뒤 나갔다.

"젠장. 젠장. 젠장. 젠장." 제럴드가 말했다.

이런 자책의 감탄사가 부적절하지는 않았다. 며칠 지나지 않아 제럴드는 더이상 여왕의 시중을 들지 않게 되었다. 아니, 사실, 왕가에 전혀 발붙이지 못하게 되었다. 대신 자신을 기억하는 사람이 거의 없는 군대로 돌아가, 중무장한 채 빗속에서 노섬버랜드의 황무지를 행군하고 있었다.

튜더 왕가 시절처럼 빠르고 무자비하게 제럴드를 파면한 것은, 케빈 경이 즐겨 말하는 것처럼 메시지를 제대로 전달했고, 적어도 노망에 관한 소문은 더이상 돌지 않게 되었다. 여왕은 자신의 모습을 되찾았다.

여왕은 클라우드 경이 한 말에서 아무런 무게도 느끼지 않았다. 하지만 그날 저녁, 로열 앨버트 홀에서 여왕을 위해 특별히 열린 산책 음악회에 참석했을 때, 여왕은 자기도 모르게 클라우드 경의 말을 되새기고 있었다. 전에는 음악에서 위안을 느낀 적이 없었다. 거기엔 늘 의무감이 섞여 있었고, 여왕이 참석

해야 했던 이런 음악회는 레퍼토리도 대개 대동소이했다. 그러나 그날은 음악이 더없이 소중하게 느껴졌다.

한 소년이 클라리넷을 연주하자, 여왕은 생각했다. 이것은 목소리야. 모차르트. 모차르트가 죽은 지 이백 년도 더 지났지만, 실내에 있는 사람들 모두가 그 목소리를 알고 알아듣잖아. 여왕은 『하워즈 엔드』에서 헬렌 슐레겔이 퀸스 홀의 연주회에서 베토벤을 들으며 머릿속에 그린 상상을 떠올렸다. E. M. 포스터도 묘사했듯, 베토벤 역시 누구나 알고 있는 목소리다.

소년의 독주가 끝나자 관중은 갈채를 보냈다. 여왕도 박수를 치면서 감상을 함께 나누려는 듯 주위의 다른 사람에게 몸을 기울였다. 그러나 여왕이 하고 싶은 말, 나이가 들수록 새로워지고 있다는 말은, 누구에게도 들려줄 수 없었다. 돌아오는 차 안에서 여왕은 불쑥 말을 꺼냈다. "나는 내 목소리도 못 내."

"그럴 만해요. 너무 더웠어요. 목이 마르죠?" 공작이 말했다.

찌는 듯 더운 밤이었고, 여왕은 뒤척이다 평소와 달리 새벽 일찍 깨어났다.

정원에 있던 경관은 방에 불이 켜지는 것을 보고 대비하기 위해 무전기를 켰다.

여왕은 브론테 자매에 관한 책에서 자매의 힘겨운 어린 시절 부분을 읽고 있었다. 그 책을 읽어도 다시 잠이 올 것 같지 않아 다른 책을 찾던 중, 오래전 이동도서관에서 빌렸다가 허칭스에게 받았던 아이비 콤프턴버넷의 책이 서가 구석에 꽂혀 있는 것을 보았다. 당시 그 책의 책장을 쉬이 넘기지 못하고 잠들 뻔했던 것을 떠올리며, 다시 그럴 수 있지 않을까 기대했다.

하지만 전혀 그렇지 않았다. 전에는 느리다고 생각했던 그 소설이 이제 가슴 시원할 만큼 활기차게 느껴졌고, 여전히 건조하기는 하지만 신랄하게 건조했다. 아이비 경의 담백한 문체와 여왕 자신의 문체가 비슷해서 여왕은 자기 글에 자신감을 얻기도 했다. 그러자 여왕은 생각하게 되었다(그리고 이튿날 공책에 적었다). 독서는 근육과 같고, 자신은 그 근육을 발달시킨 것 같다고. 여왕은 전에는 알아차리지 못한 작가의 말들(농담이 아닌 말도 있었다)에 웃으며 아이비의 소설을 쉽고 아주 즐겁게 읽을 수 있었다. 책을 읽는 내내 여왕은, 지나치게 감상적이지 않고 신랄하고 현명한 아이비 콤프턴버넷의 목소리를 들을 수 있었다. 그 목소리는 전날 저녁에 들은 모차르트의 목소리처럼 선명했다. 여왕은 책을 덮었다. 그리고 다시 한번 소리 내어 말했다. "나는 내 목소리도 못 내."

그리고 이 일들이 기록되고 있는 웨스트 런던 어디에서 무표정하게 원고를 입력하던 타이피스트는 여왕의 말이 옳지 않다고 생각하고 대답처럼 말했다. "저런, 여왕이 자기 목소리를 못

낸다니. 그럼 자기 목소리를 내는 사람이 도대체 어디 있단 말이야?"

다시 버킹엄 궁전으로 돌아가보자. 여왕은 잠시 가만히 있다가 불을 껐다. 오동나무 아래에 있던 경관은 불이 꺼지는 것을 보고 무전기를 껐다.

어둠 속에서 여왕은, 문득, 자신이 죽으면 사람들의 기억 속에서만 존재하게 될 거라고 생각했다. 누구에게도 종속되어본 적이 없는 여왕도 죽고 나면 다른 모든 사람과 다를 바 없어질 터였다. 책 읽기는 그것을 바꿀 수 없다. 그러나 글쓰기는 그것을 바꿀 수 있을지도 모른다.

독서 때문에 인생이 풍요로워졌느냐는 질문을 받는다면, 여왕은 분명, 그렇다고 말하지 않을 수 없었다. 그러나 똑같이 확실하게, 그와 동시에 독서 때문에 인생의 모든 목적이 말라붙었다고 덧붙였을 것이다. 한때 여왕은 자기 의무를 마음에 깊이 새기고 최선을 다해 의무를 수행할 각오를 품은, 확고하고 성실한 사람이었다. 이제 여왕의 마음은 너무나 자주 두 갈래로 갈리기만 했다. 책 읽기는 실천적 행위가 아니었다. 그것이 늘 문제였다. 여왕은 늙었지만, 여전히 실천가였다.

여왕은 다시 불을 켜고 공책에 손을 뻗어 적었다. '책을 쓰는 일은 자신의 인생을 적는 것이 아니다. 자신의 인생을 발견하

는 것이다.'

그런 다음 여왕은 잠들었다.

그 뒤 몇 주 동안, 여왕은 눈에 띌 정도로 책을 덜 읽었다. 전혀 안 읽는 듯도 했다. 생각에 깊이 잠겨 있었고 정신을 다른 데 팔고 있었지만, 읽고 있는 책에 마음을 빼앗겼기 때문이 아니었다. 이제 가는 곳마다 책을 가지고 다니지도 않았고, 책상 위에 쌓여 있던 책 더미는 책꽂이에 꽂히거나 도서관으로 돌려보내지거나 어떻게든 흩어졌다.

그러나 책을 읽든 읽지 않든, 여왕은 여전히 몇 시간이고 책상에 가만히 앉아서 때때로 공책을 들여다보거나 가끔 공책에 무엇을 적었다. 혼자서 조목조목 달아보지 않아도, 여왕은 자신의 글쓰기가 책 읽기보다도 더 인기가 없을 것임을 잘 알고 있었다. 그래서 누가 문을 노크하면 즉시 공책들을 책상 서랍 속으로 치운 뒤에야 "들어와"라고 말했다.

여왕은 알게 되었다. 그저 공책의 제목일지라도 뭔가를 적었을 때에는, 한때 책을 읽은 뒤에 그랬던 것처럼 행복을 느꼈다. 단순한 독자로 머물고 싶지 않다는 생각이 다시 들었다. 독자는 관람객과 마찬가지인 반면, 쓰는 것은 실천이며, 실천은 여왕의 의무였다.

한편, 여왕은 도서관, 특히 윈저 성 도서관에 자주 갔다. 여왕은 오래된 탁상 일지들, 셀 수 없이 많은 방문이 기록된 앨범들을 들여다보았다. 자신의 기록을 들여다본 것이다.

사서가 여왕에게 서류철을 또 가져다준 뒤 물었다. "특별히 찾으시는 게 있습니까, 폐하?"

"아니야. 짐은 그냥 어땠는지 기억하려는 거라네. 무엇이 어땠는지, 그 무엇이 '무엇'인지는 짐도 몰라." 여왕이 대답했다.

"예. 기억나시면 언제라도 말씀하십시오. 쓰시는 게 더 좋습니다, 폐하. 폐하께서는 살아 있는 기록이십니다."

여왕은 사서가 그 말에 말씀씨를 좀더 부렸으면 좋았겠다고 생각했지만, 그래도 사서의 말뜻을 알 수 있었고, 여왕에게 글쓰기를 재촉하는 사람이 여기 또 있다고 생각했다. 글쓰기는 이제 거의 의무가 되고 있었고, 여왕은 의무를 수행하는 데 늘 아주 뛰어났다. 굳이 말하자면, 책 읽기를 시작하기 전까지는 그랬다. 그래도, 쓰라는 재촉을 받는 것과 출판하라는 재촉을 받는 것은 완전히 다른 일이었고, 후자를 재촉하는 사람은 아직까지는 아무도 없었다.

여왕의 책상에서 책들이 사라지고 여왕이 다른 것에 전적인 관심을 쏟자, 케빈 경은 이를 반겼다. 사실, 왕가 사람 전체가 반겼다. 하지만 시간을 지키는 일은 나아지지 않았다. 그것은 사실이었다. 그리고 여왕의 옷차림도 여전히 조금 불안정했다 (여왕의 시녀가 이런 말도 했다. "저 카디건을 없애고 싶어요"). 이런 문제들이 계속되었음에도 불구하고 사람들 대부분은 여왕이 심취했던 책에서 벗어나 정상으로 돌아왔다고 느꼈고, 케빈 경 역시 그렇게 느꼈다.

그해 가을, 여왕은 샌드링엄*에서 며칠을 묵었다. 노리치 시**에 왕실 방문이 예정되어 있었기 때문이다. 교회 의식, 보행 구역 산책, 새 소방서 개장식 등을 마친 뒤 대학교에서 점심을 먹는 일정이었다.

부총장과 문예창작과 교수 사이에 앉아 있던 여왕은, 어깨 뒤에서 눈에 아주 익은 깡마른 팔목과 붉은 손이 나타나 새우 칵테일을 내놓을 때 조금 놀랐다.

"안녕, 노먼." 여왕이 말했다.

"폐하." 노먼은 공손하게 말했다. 그리고 노퍽 지사 자리에 새우 칵테일을 능숙하게 내려놓은 뒤 테이블을 따라서 계속 음식을 날랐다.

---

* 잉글랜드 노퍽의 샌드링엄에는 영국 왕가의 별장이 있다.
** 노퍽의 행정 중심지로, 런던에 이어 잉글랜드 제2의 도시이다. 이스트앵글리아 대학교가 있는 곳이다.

"폐하께서 시킨스를 아십니까?" 문예창작과 교수가 물었다.

"알다마다요." 여왕이 대답했다. 여왕은 조금 슬펐다. 노먼은 조금도 발전을 이루지 못한 것 같았고, 보아하니 다시 주방으로, 그것도 여왕의 주방도 아닌 곳으로 돌아간 듯했기 때문이다.

부총장이 말했다. "학생들에게 음식을 나르게 하는 게 오히려 선물이 될 것이라고 생각했습니다. 물론 학생들에게 일당도 지불합니다. 그게 다 경험이지요."

"시킨스는 앞날이 아주 촉망되는 청년입니다. 얼마 전에 졸업을 했는데, 우리 학교의 자랑거리입니다." 교수가 말했다.

여왕이 노먼을 보며 환하게 웃었음에도, 노먼은 뵈프 앙 크루트*를 서빙하며 여왕과 눈을 마주치지 않기로 결심한 듯했고, 푸아 벨 엘렌**을 서빙할 때도 마찬가지였다. 여왕은 약간 기분이 상했다. 여왕은 노먼이 무슨 이유 때문인지 뾰로통해 있다고 생각하게 되었다. 여왕 앞에서 누가 뾰로통해 있는 모습은 좀처럼 보기 어려웠다. 아이들이나 내각 각료가 어쩌다가 그럴 뿐이었다. 국민은 여왕 앞에서 뾰로통하지 않는다. 국민은 그럴 자격이 없다. 옛날 같았다면 그랬다가는 런던탑으로

---

* 쇠고기를 페이스트리에 싸서 구운 요리.
** 익힌 서양 배와 시럽으로 만든 디저트로, '아름다운 엘렌의 배'라는 의미이다.

끌려갔을 것이다.

　몇 년 전만 해도 여왕은 노먼이 어떤지, 아니, 어느 누가 어떤지 전혀 알아차리지 못했다. 이제 여왕이 그것을 알아차릴 수 있게 되었다면, 그것은 여왕이 전보다 사람의 감정을 더 많이 알게 되었기 때문이며 자신과 다른 사람의 입장을 바꾸어 생각할 수 있게 되었기 때문이다. 그렇다 해도, 노먼이 왜 그렇게 기분이 상했는지는 설명되지 않았다.

　"책이란 참으로 놀라운 것이죠. 그렇지 않나요?" 여왕이 부총장에게 말했다. 부총장은 고개를 끄덕였다.

　"스테이크를 일컫는 것 같은 위험을 무릅쓰고 말하자면, 책은 사람을 부드럽게 만들죠." 여왕이 말했다.

　부총장은 여왕이 무슨 말을 하는지 전혀 이해하지 못하면서도 고개를 또 끄덕였다.

　여왕은 고개를 돌려 교수를 보았다. "문예창작과 교수이시니, 책 읽기가 사람을 부드럽게 한다면, 글쓰기는 그 반대라는 데 동의하시겠군요. 글을 쓰려면 강해져야 하지 않습니까?" 교수는 자기 주제가 이야깃거리로 오르자 놀라서 잠시 안절부절못했다. 여왕은 기다렸다. 여왕은 '내 말이 맞다고 해요'라고 말하고 싶었다. 그러나 그때, 주지사가 여왕에게 경의를 표하려 일어섰고, 실내에 있던 사람들 모두 발소리를 내며 일어났다.

여왕은 생각했다. 아무도 나에게 알려주지 않겠지. 글쓰기는, 책 읽기와 마찬가지로 여왕이 혼자서 해나가야 할 일이었다.

하지만 꼭 그렇지만은 않았다. 점심을 마친 뒤 여왕은 노먼을 부른다. 이제 지각하기로 유명해진 여왕은 시간에 맞춰 만찬을 마치고, 노먼의 근황을 듣는 데 삼십 분을 보낸다. 노먼이 애당초 이스트앵글리아로 보내진 상황을 포함하여, 노먼의 대학생활을 들은 것이다. 노먼은 이튿날 샌드링엄으로 오기로 약속한다. 샌드링엄에서 여왕은 노먼이 글쓰기를 시작했으니 다시 한번 자신을 도울 위치에 있게 되었다고 생각한다.

여왕은 하루 사이에 다른 누구를 해고했다. 케빈 경이 아침에 출근하니, 책상이 사라지고 없었다. 노먼이 대학교에서 이룬 성과가 여왕에게 득이 될 듯했지만, 그래도 여왕은 속은 것이 못마땅했다. 진짜 범인은 총리 특별 고문이었지만, 케빈 경이 그 짐을 다 짊어졌다. 옛날이면 단두대에 오를 일이었지만, 요즘에는 뉴질랜드로 돌아가는 비행기표와 고등판무관 임명장이 주어졌다. 단두대는 단두대지만, 죽기까지 더 오래 걸리는 단두대였다.

그해, 여왕은 여든 살이 되었다. 여왕 자신도 조금 놀랐다.

그냥 넘어갈 수 있는 생일이 아니었으므로 갖가지 축하 행사가 준비되었다. 이전까지 여왕의 보좌관들은 여왕의 생일을 변덕스럽기만 한 대중에게 알랑거릴 수 있는 기회로 여기는 경향이 있었다. 그러나 이 여든번째 생일 축하 행사는 여왕의 기호에 조금 더 맞추었다.

그런 까닭에, 여왕이 그동안 자신에게 조언하는 특권을 누렸던 사람들을 모두 모아서 파티를 열기로 결정한 것은 놀라운 일이 아니었다. 자연스럽게 이 파티는 국왕 자문회를 위한 것이 되었다. 한번 국왕 자문회 위원으로 임명되면 평생 이어지므로 국왕 자문회는 방대하고 복잡한 조직이 되었고, 따라서, 어쩌다 중대한 일이 벌어지지 않는 한 자문 위원 전체가 모이는 일은 거의 없었다. 그러나 여왕은 생각했다. 자문 위원 모두와 다과회를 갖는 데 무슨 문제가 있겠느냐고. 여왕이 떠올린 다과회란 잘 차린 다과회, 즉 햄과 혓바닥 고기, 갓과 냉이 샐러드, 스콘, 케이크, 초콜릿까지 갖춘 것이었다. 그것이 만찬보다 훨씬 좋다고, 아주 편안한 분위기가 될 것이라고 여왕은 생각했다.

정장을 차려입으라는 이야기도 하지 않았다. 그러나 여왕 자신은 전에 그랬던 것처럼 완벽하게 단장했다. 여왕은 수많은 자문 위원들을 하나하나 살피며, 그동안 자신이 정말 많은 조언을 얻었다고 생각했다. 조언을 내놓았던 사람이 너무 많아서

궁에서 가장 큰 연회실이 아니면 다 들어갈 수도 없었다. 성대한 다과회 음식은 연결된 방 두 개를 써야 차릴 수 있었다. 여왕은 손님들 사이를 즐거이 돌아다녔다. 왕가 사람은 아무도 대동하지 않았다. 왕가 사람 중에도 자문 위원이 많았지만, 그들은 초대하지 않았다. 여왕은 말했다. "그 사람들은 충분히 자주 만나고 있습니다. 하지만 여러분은 전혀 볼 수 없었습니다. 그리고 내 장례식이 아니면 모두 다 함께 얼굴을 맞댈 일도 없겠지요. 초콜릿을 드세요. 사악하게 맛있답니다." 여왕이 그렇게 즐거워한 적은 거의 없었다.

제대로 된 다과회가 열리리라는 기대로 예상보다 훨씬 많은 자문 위원이 왔다. 만찬은 짐스러운 일이지만 다과회는 반가운 일이었기 때문이다. 사람이 너무 많아서 의자가 부족했고, 일하는 사람들은 모두가 앉을 자리를 만들기 위해 수없이 뛰어다녀야 했지만, 그것도 그 파티의 재미였다. 흔한 파티용 금장 의자에 앉은 사람도 있었지만, 값으로 따질 수 없는 루이 15세 안락의자나 로비에서 가져온 왕가의 문양이 있는 의자에 편안하게 앉은 사람도 있었다. 대법관을 지낸 한 위원은 화장실에서 가져온, 윗부분이 코르크로 되어 있는 작은 스툴에 올라앉기도 했다.

여왕은 정확히 왕좌는 아니지만 다른 사람의 의자보다는 확실히 큰 의자에 앉아서 이 모든 광경을 조용히 지켜보았다. 여왕은 차를 가져온 뒤 마침내 모두가 편하게 자리를 잡을 때까지 조금씩 마시며 담소를 나누었다.

"여러 해 동안 내가 좋은 조언을 받아온 것은 알지만, 정확히 얼마나 많이 받았는지는 미처 깨닫지 못했군요. 이렇게나 많은 분들이 모이다니!"

"폐하, 저희 모두 생신 축하 노래를 부르겠습니다!" 총리가 말했다. 총리는 당연히 앞줄에 앉아 있었다.

"너무 법석을 부리지는 맙시다. 짐이 여든 살이고 이 자리가 생일 파티인 것은 사실이지만, 축하할 게 무엇인지는 잘 모르겠어요. 축하받을 것도 별로 없지만 한 가지를 짚으라면, 적어도 짐이 국민들에게 충격을 주지 않고 죽을 수 있는 나이에 다다랐다는 것이지요."

이 말에 그곳에 공손한 웃음이 흘렀고, 여왕 자신도 미소를 지었다. "'아닙니다, 아닙니다'라는 소리가 더 나오기를 바랐는데 안타깝네요."

그래서 누가 '아닙니다'라고 말하자 더 흐뭇한 웃음이 흘렀다. 영국에서 가장 저명한 사람들이 영국에서 가장 신분이 높은 사람에게 놀림을 당하는 즐거움을 맛보았던 것이다.

"모두가 아시는 것처럼, 짐은 오랜 세월 왕위에 있었습니다.

오십 년이 넘었죠. 열 명의 총리, 여섯 명의 캔터베리 대주교, 여덟 명의 대변인. 그리고 여러분은 같이 따질 숫자가 아니라고 생각하겠지만, 코기* 쉰세 마리를 보냈다는 말은 하고 싶지 않군요."(좌중 웃음) "브래크넬 부인**의 말대로, 인생은 우연으로 넘칩니다."

관중은 편안한 미소를 머금은 채 가끔 낄낄 웃기도 했다. 조금은 학교, 초등학교 같은 분위기였다.

"그리고 물론," 여왕이 말을 이었다. "인생은 계속됩니다. 한 주라도 흥미로운 일이나 스캔들이나 비밀 은폐 없이 지나가는 법은 없습니다. 전쟁이 날 때도 있죠. 그렇지만 오늘은 짐의 생일이니, 짜증스러운 표정은 생각도 마세요."(총리는 천장을 올려다보았고, 내무장관은 바닥을 내려다보았다.) "짐은 오랫동안 세상을 보며 여기까지 왔어요. 여든 살에는 새로운 일이 일어나지 않습니다. 그저 반복될 뿐이죠. 아는 분도 있겠지만, 나는 낭비를 좋아하지 않습니다. 짐에게 아직 현실적인 인간의 모습이 남아 있기 때문인지, 손수 버킹엄 궁전을 돌며 전깃불을 끕니다. 현실적인 인간의 모습이 남아 있다는 말은 비유였

---

* 엘리자베스 여왕이 키우는 개의 품종. 본디 이름은 펨브로크 웰시 코기.
** 오스카 와일드의 희곡 『진지함의 중요성』의 등장인물.

고, 요즘에는 지구 온난화 문제를 잘 깨달은 행동이라고 말하는 편이 더 좋겠군요. 어쨌든 낭비를 좋아하지 않으니, 내가 겪은 모든 경험을 머릿속에 간직하게 됩니다. 그 많은 경험이 나에게는 특별하며, 내가 살아온 인생의 열매입니다. 관객의 입장에서 비유하자면, 이벤트에 가깝죠. 그 경험들 대부분은," 여왕은 완벽하게 장식한 머리를 손가락으로 톡톡 두드렸다. "여기 있습니다. 짐은 그것들이 낭비되는 게 싫습니다. 자, 여기서 질문이 하나 떠오르네요. 그러면 어떻게 해야 할까요?"

총리는 대답을 하려는 듯 입을 벌렸고, 정말로 의자에서 반쯤 일어섰다.

"이 질문은 수사적인 것입니다." 여왕이 말했다.

총리가 다시 앉았다.

"아시는 분도 있겠지만, 지난 몇 년 동안 나는 열성적인 독자가 되었습니다. 책 덕분에 전혀 예상하지 못했던 방식으로 인생이 풍부해졌습니다. 그러나 책은 거기까지만 짐을 이끌 뿐이었죠. 그래서 이제 때가 되었다고 생각합니다. 책을 읽는 사람에서 글을 쓰는, 아니 쓰려고 애쓰는 사람이 될 때가 말이죠."

총리가 다시 고개를 까딱거리고 있었고, 여왕은 총리들과 함께 있을 때 일반적으로 그런 일이 일어나는 것을 떠올리고는 우아하게 발언권을 양보했다.

"책이요, 폐하. 아 좋죠, 좋습니다. 어린 시절에 대한 회상, 전쟁, 궁 폭격, WAAF*시절."

"ATS.**" 여왕이 바로잡았다.

"어쨌거나 군대 시절 말입니다." 총리는 서둘러 말했다. "결혼, 여왕의 자리에서 겪으신 극적인 순간들. 세상이 떠들썩하겠네요." 총리는 신이 나서 웃었다. "의심할 여지 없이 베스트셀러가 될 겁니다."

"베스트셀러죠. 세계적인 베스트셀러죠." 내무장관이 단언했다.

여왕이 말했다. "그-으-래요. 단," 그리고 여왕은 잠시 말을 멈추어 주의를 끌었다. "짐이 염두에 두고 있는 책은 그런 것과는 거리가 멀어요. 어쨌거나 그런 책은 누구나 쓸 수 있고 몇 명이 쓰기도 했죠. 내 생각에는, 그 책들 모두가 극히 따분해요. 아닙니다. 나는 다른 종류의 책을 생각하고 있어요."

총리는 기가 꺾이지 않고 정중한 관심을 보이며 눈썹을 치켜세웠다. 아마 여행기를 말하는가보군. 여행기는 늘 잘 팔리지.

여왕의 음성이 다시 차분해졌다. "내가 생각하는 것은 더 근

---

* 영국 공군 여자 보조 부대.
** 영국 여자 국방군.

본적인 것, 더 …… 도발적인 것입니다."

'근본적'과 '도발적'이라는 말은 총리의 혀에서 자주 튀어나오던 말이었으므로, 총리는 아직 아무런 위험도 느끼지 않았다.

"프루스트를 읽은 사람 있나요?" 여왕이 좌중에게 물었다.

누가 소리를 죽이고 "누구?"라고 물었고, 몇 사람이 손을 들었다. 내각에 있는 젊은 장관 하나는 프루스트를 읽은 적이 있어서 손을 들려고 하다가 총리가 손을 들지 않은 것을 보고, 읽었다고 밝혀보아야 좋을 일이 전혀 없겠다 싶어 들지 않았다.

여왕은 수를 셌다. '여덟, 아홉 …… 열.' 대부분이 훨씬 예전에 내각에 있던 사람들이었다. "뭐, 놀랍지는 않지만, 꽤 많군요. 맥밀런 내각에 그 질문을 했더라면, 맥밀런까지 포함해서 손이 더 올라갔을 텐데. 어쨌거나 그런 질문을 했을 리도 없지요. 당시에는 나도 프루스트를 읽지 않았으니까요."

전 외무장관 하나가 말했다. "트롤럽은 읽었습니다."

여왕이 말했다. "그 말을 들으니 반갑군요. 그렇지만 트롤럽이 프루스트는 아니지요." 둘 다 읽지 않은 내무장관이 점잔을 빼며 고개를 끄덕였다.

"프루스트는 긴 책입니다. 그렇지만 여름휴가 때 수상스키를 탈 시간이 있다면 그 책을 다 읽을 수 있을 겁니다. 소설 마지막에, 화자인 마르셀이 정말이지 별것 아닌 삶을 돌아보고 그 삶을 소설로 써서 헛되지 않게 하기로 결심합니다. 우리가 읽는 것이 바로 그 소설이죠. 그 소설을 쓰는 과정에서 기억과 추억의 비밀이 풀립니다. 감히 짐의 입으로 말하지만, 짐의 삶은 마르셀의 삶과 달리 상당한 것이었습니다. 그렇지만 그럼에도 불구하고 나도 마르셀처럼 분석과 성찰을 통해 삶을 헛되지 않게 해야 한다고 생각합니다."

"분석이요?" 총리가 말했다.

"분석과 성찰이요." 여왕이 말했다.

내무장관은 하원에서는 잘 먹히리라 자신하는 농담을 떠올린 뒤, 그 자리에서도 과감히 해보았다. "폐하께서 글을 쓰기로 마음먹으신 이유가 책, 그것도 프랑스 책 때문이라는 말씀입니까? 하하."

그 농담에 한두 사람이 킥킥거리기는 했지만, 여왕은 그 말이 농담인 줄도 알아차리지 못하는 것 같았다(사실, 우습지도 않았다). "아니에요, 내무장관. 그렇지만 책은, 아시겠지만, 행동을 촉발하지는 않습니다. 책은 대개 자신이 이미 하기로 마음먹은 바를, 어쩌면 자기도 모르는 사이 하기로 마음먹은 바를 확인시키기만 하죠. 우리는 자신의 신념을 뒷받침하려고 책을 찾습니다. 말하자면 책은 책으로 끝나는 겁니다."

정부를 떠난 지 오래된 위원 중에는 지금 여왕의 모습은 자신들이 모시던 기억 속의 여왕이 아니라고 생각하여 지금 모습에 매료된 사람도 있었다. 그러나 대부분은 불편한 침묵 속에 앉아 있었고, 그중에는 여왕이 무슨 말을 하는지 전혀 알아듣지 못하는 사람도 몇 있었다. 여왕도 이를 알고 있었다. "무슨 말인지 모르겠죠?" 여왕이 냉정을 잃지 않고 말했다. "그렇지만 약속하는데, 각자 자기 안에서는 잘 알고 있을 겁니다."

다시 한번 그 자리는 학교가 되었고, 여왕은 그 사람들의 교사가 되었다. "이미 결심한 바를 뒷받침할 증거를 찾는 것은 모든 공개적인 연구의 공인되지 않은 전제입니다. 그렇죠?"

가장 젊은 장관이 웃었지만, 곧 후회했다. 총리는 웃고 있지 않았다. 이것이 여왕이 쓰려고 계획하는 책의 어조라면, 여왕이 무슨 말을 하려는지 아무도 이해하지 못할 것이었다. "그래도 저는 폐하께서 폐하의 이야기만 쓰시는 것이 더 좋다고 생각합니다." 총리가 어물쩍 말했다.

"아닙니다. 가벼운 수상록에는 흥미가 없어요. 짐의 바람이지만, 더 사려 깊은 것이 될 것입니다. 사려 깊다고 해서 배려심이 많다는 뜻은 아닙니다. 농담이에요."

아무도 웃지 않았고, 총리의 얼굴에 있던 미소는 언짢은 쓴웃음이 되었다.

"혹시 압니까? 문학으로 흘러갈 수 있을지도." 여왕이 즐거이 말했다.

"저는 여왕 폐하께서 문학보다 위에 계시다고 생각하고 싶습니다." 총리가 말했다.

"문학보다 위? 누가 문학보다 위에 있어요? 그렇게 말하면, 짐이 인간보다 위에 있는 무엇이라고 말하는 것과 다름없어요. 그렇지만, 감히 말하지만, 내 목적이 전적으로 문학에 있는 것은 아닙니다. 분석과 성찰이죠. 저 열 명의 총리들은 어떤가요?" 여왕이 밝게 미소를 지었다. "거기에도 성찰할 게 많아요. 짐은 이 나라가 전쟁에 나가는 것을 내가 떠올리고 싶은 것보다 많이 보았어요. 거기에도 역시 생각할 바가 있지요."

여왕은 여전히 미소를 지었다. 여왕을 따라서 미소를 짓는 사람이 있다면, 걱정할 것이 적은 나이 많은 사람들뿐이었다.

"짐은 많은 나라의 원수들을 만나고 영접했어요. 그중에는 입에 담기도 무서운 악한들과 악당들도 있었죠. 그 아내들도 그다지 낫지 않았어요." 적어도 이 말에는 몇몇이 침울하게 고개를 끄덕였다.

"짐은 흰 장갑을 낀 손을 피에 잠겼던 사람들의 손에 내밀었어요. 남몰래 아이들을 살육한 남자들과 공손하게 담화를 주고받기도 했죠. 짐은 똥물과 피바다 속을 헤쳐왔습니다. 여왕에게는 허벅지까지 오는 부츠가 필수 장비가 아닐까 하는 생각도 자주 했습니다.

짐은 풍부한 상식을 갖추고 있다는 말을 자주 듣습니다. 그러나 그 말은, 그 밖에 가진 것이 없다는 말을 달리 한 것이기도 합니다. 그리고 아마도 그 때문에, 나는 어느 내각 할 것 없이 그 권고에 따라 수동적으로 결정에 참여하기만을 강요받아 왔습니다. 경솔한 결정들이었으며, 종종 부끄러운 결정도 있었습니다. 때때로 짐은, 정부에 향기를 더하거나 오늘날 왕가는 정부가 만든 방향제일 뿐이라는 방침을 뿜어내기 위해 보내진 향초가 된 기분이었습니다.

나는 여왕이고 영국연방의 수장입니다. 그러나 지난 오십 년 동안, 자랑스럽기는커녕 수치스럽기만 했던 순간들도 많았습니다. 그렇지만," (여기서 여왕이 일어섰다.) "우리는 무엇이 우선인지 잊지 말아야 하죠. 이 자리는 어쨌거나 파티니까요. 그러면 계속하기에 앞서, 이제 다같이 샴페인을 들까요?"

샴페인은 훌륭했다. 그렇지만 총리는 서빙을 하는 시종 중 하나가 노먼인 것을 발견하고 샴페인 맛을 다 잃었다. 총리는 복도를 빠져나가 화장실로 향했다. 그러고는 화장실에서 휴대전화를 꺼내 변호사에게 전화를 걸었다. 변호사는 총리를 크게 안심시켰고, 변호사의 법적 조언에 힘입은 총리는 내각 구성원들에게 메시지를 전달할 수 있었다. 이윽고 여왕이 연회장으로 돌아왔을 때에는, 기운을 되찾은 사람들이 여왕을 기다리고 있었다.

총리가 말을 꺼냈다. "폐하, 폐하께서 하신 말씀에 대해서 이야기하고 있었습니다."

"때가 되면 다시 하지요. 완성은 아직 멀었어요. 내가 무엇을 쓸 계획인지는 여러분이 생각하지 않았으면 좋겠어요. 사실 벌써 쓰기 시작한 건, 황색신문에서 좋아할 궁전 생활의 싸구려 폭로들이죠. 짐은 한 번도 책을 써본 적이 없지만, 바라는 것은 있어요." 여왕은 잠시 말을 멈췄다. "그 책이 상황을 뛰어넘어서 그 시대와 접하는, 그 책만의 역사를 대표하기를 바란다는 것이죠. 그리고 이 점을 확인받고 싶을 텐데, 정치나 짐의 인생에서 일어난 사건들과는 전혀 관계가 없을 겁니다. 나는 책에 관해서 이야기하고 싶어요. 사람에 관해서도요. 그렇지만 가십은 아닙니다. 가십에는 신경을 쓰지 않아요. 우회적인 책이죠. E. M. 포스터가 이렇게 말했을 겁니다. '진실만을 말하되, 거짓말로 잘 둘러질 만큼 에둘러서 말하라.' 아니, 에밀리 디킨슨이 한 말이던가요?" 여왕은 좌중에게 물었다.

놀랄 일도 아니지만, 아무도 대답하지 않았다.

"그렇지만 짐은 책을 쓰는 일에 대해서 이야기하지 않을 겁니다. 그랬다가는 절대 쓰지 못할 테니까요."

총리는 사람들 대부분이 책을 쓰고 싶다고 목청을 높이지만 책은 절대 쓰이지 않는다는 사실을 떠올렸지만, 전혀 안심이 되지 않았다. 여왕이라면, 그리고 여왕의 놀라운 의무감이라면, 기어이 책을 쓰고 말리라고 장담할 수도 있었다.

여왕은 쾌활하게 총리에게 몸을 돌렸다. "자, 총리. 무슨 말을 하고 있었죠?"

총리가 일어섰다. "관심을 가져주셔서 고맙습니다, 폐하." 총리의 목소리는 가볍고 다정했다. "폐하께서 특별한 위치에 계시다는 점을 제가 다시 한번 일깨워드려야 할 것 같습니다."

"그 점을 잊는 일은 거의 없어요. 계속하세요." 여왕이 말했다.

"제 말이 맞는 듯합니다만, 왕가에서는 책을 발간한 적이 없습니다."

여왕은 손가락 하나를 들어서 흔들었다. 여왕 스스로도 동작을 하는 순간에야 깨달았지만, 그 동작은 노엘 코워드*의 버릇이었다. "그건 사실이 아니에요, 총리. 예를 들자면, 헨리 8세도 책을 썼어요. 이단에 반대하는 책이죠. 짐이 아직도 '믿음의 수호자'**라고 불리는 것은 그 책 덕분입니다. 나와 이름이 같

---

* 영국의 배우이자 극작가.
** 영국 왕의 별칭 중 하나.

은 엘리자베스 1세도 책을 썼어요."

총리가 반박하려 했다.

"네, 짐도 그것을 책이라고 꼬집어서 말할 수 없다는 것은 알아요. 그렇지만 증조모인 빅토리아 여왕도 책을 썼어요. 『고원의 나뭇잎 일기』라는 책인데, 너무 지루해서 거의 읽을 수 없다고 말해도 누가 되지는 않을 겁니다. 그 책을 모범으로 삼고 싶지는 않아요. 그리고 물론," 여왕은 총리를 엄하게 바라보았다. "내 삼촌인 윈저 공도 있지요. 윈저 공은 『왕의 이야기』라는 책을 썼죠. 자기 결혼과 그에 따른 모험들의 역사. 다른 것은 몰라도, 그 책은 분명히 선례로 꼽을 수 있겠죠?"

바로 그 점에 대한 변호사의 조언으로 무장한 총리는 미소를 지으며 거의 사과를 하듯 반대 의견을 말했다. "예, 폐하. 옳으신 말씀입니다. 그렇지만 확실히 다른 것은, 그분은 윈저 공으로 책을 썼습니다. 왕위를 버렸기 때문에 쓸 수 있었던 겁니다."

"아, 내가 그 말을 안 했던가요?" 여왕이 말했다. "그럼……
오늘 이 자리에 다 모인 이유가 무엇이라고 생각합니까?"

문학동네에서 처음 의뢰를 받았을 때였다. '앨런 베넛? 귀에 익은 이름인데 누구더라.' 검색을 하다가 '아, 그 극작가!' 하며 무릎을 쳤다.

영화를 공부하기 시작할 때 크게 감동한 〈귀담아들어라〉, 한때 아주 열광한 〈조지 왕의 광기〉, 얼마 전 꽤 재밌게 본 〈굿바이 에이틴〉. 이 모두가 앨런 베넛이 시나리오를 쓴 영화라는 사실을 잘 알고 있었는데, 왜 그 이름을 금방 떠올리지 못했을까. 앨런 베넛이라면 당연히 희곡과 시나리오만 쓴다고 생각했는데 소설이라고 하니 쉽게 연결되지 않았다. 물론 나는 토니 상을 받은 그의 연극은 보지 못했지만, 내가 본 세 편의 영화만 생각해도 책을 보지 않고 번역하겠다고 나설 수 있었다.

이 짧은 소설의 주인공은 영국 여왕 엘리자베스 2세이다. '불멸은 아니나 영국 백성과는 다른 존재'인 영국 왕이니 정말이지 제목 그대로 '일반적이지 않은' 존재다. 이런 여왕이 책 읽기에 빠지면 어떤 일이 벌어질까. 『일반적이지 않은 독자』는 바로 그런 이야기다.

책은 누구나 읽지 않나? 여왕이 책을 읽는 것이 뭐 그리 특별한가? 이 책을 펼친 독자는 그렇게 생각할 수도 있겠다. 이 책을, 그것도 '책 혹은 독서에 관한 책'을 골라서 집었다면 분명 책을 아주 사랑하는 독자일 테니까. 그러나 영국 왕은 백성들의 취미를 볼 때 치우침이 없어야 하므로 자신은 취미를 가지면 안 되고, 특히 엘리자베스 2세는 의무와 책임에 충실한 성격이어서 즐거움을 위한 독서에는 관심이 없었다는 것이 이 소설의 설정이다.

'나는 절대 따라가지 못할 것'이라고 생각할 만큼 만년에 뒤늦게 책 읽는 즐거움에 눈을 뜨는 주인공은 지위와 나이 모두 평범한 독자라 말하기 힘들지만, 이 주인공이 서서히 책, 특히 문학에 점점 빠지는 과정은 누구나 공감할 이야기다. 마땅한 스승이 없어도 어느 책을 읽으면 다음에 읽을 작가와 책의 목록이 이어지고, 책을 읽고 또 읽어도 끝이 없을 것 같은 막막함에 휩싸이기도 하고, 나름의 독서 메모가 점차 자신의 생각을 드러내는 글로 나아가기도 하며, 내가 표현하고 싶은 문체와 같은 문체의 작가를 발견하면 기뻐하고, 같은 작가라도 시간이 흐르면서 달리 느껴지기도 한다. 내가 '그래, 그래' 혹은 '맞아, 맞아' 하며 씩 웃으면서 읽은 부분들은 책을 사랑하는 사람이라면 누구나 공감하리라 믿는다. 여왕을 독서의 길로 이끈 노먼의 독서도 또다른 독자의 모습을 잘 보여준다. 노먼은 자신의 성정체성에 맞춰 주로 동성애자 작가의 책을 골라 읽는 것이다.

그렇게 보면 이 소설은 책 읽기에 대한 우화다. 펨브로크 웰시 코기를 키우고, 다이애나 왕세자비의 죽음으로 상처를 입고, 전등을 직접 끄러 다닐 만큼 검소하게 생활하는 모습은 실제 엘리자베스 2세를 바탕으로 하고 있지만, 기본적으로 이 책은 '옛날 옛적에 왕이 살았어요. 그런데 이 왕이 어느 날 책 읽기에 푹 빠졌어요……'라고 시작하는 옛날이야기다. 책에서도 영국 국민들이 알고 있는 왕가의 모습은 철저히 만들어진 것이라고 말하지만, 이 책 역시 세상에 알려진 여왕의 이미지를 기둥으로 삼아 그럴싸한 이야기를 지어냈다. 케빈 경을 비롯한 인물들이 단면적으로 보일 수도 있겠지만 그것은 오히려 이 책의 옛날이야기 같은 면을 더욱 살리는 장점으로 여길 수 있다. 문체도 할머니가 들려주는 이야기처럼 길고 나긋나긋하게 이어져서 내용이 주는 느낌을 잘 살린다. 앨런 베넷은 현대적인 극작가의 잔재주도 잊지 않아서, 이야기 중간에 이 글을 받아 적는 타이피스트의 독백을 갑자기 끼워 넣어 소격효과를 노리기도 한다.

여왕과 노먼은 앨런 베넷의 또다른 모습인지도 모른다. 앨런 베넷은 1934년생이니 2007년 이 책을 발표할 당시 73세다. 이미 1997년에 암 치료를 받았고, 2005년에 자서전을 냈다. 엘리자베스 2세보다 여덟 살 아래지만, 여왕이 노년에 느끼는 회한은 베넷 자신이 노작가가 아니라면 이렇게 생생하게 느끼지 못했을지도 모른다. 그리고 베넷은 노먼처럼 동성애자이기도 하다.

책에 관한 책의 장점이지만, 미처 몰랐던 혹은 미루고 읽지 않았던 작가와 작품을 다시 발견하는 것도 이 책이 주는 즐거움이다. 나도 몇몇 문장의 정확한 뜻을 이해하기 위해 소설 속의 엘리자베스 2세의 독서를 따라 여러 책들을 다시 읽어야 했다. '일 때문에'라는 단서가 붙기는 했지만, 나에게도 새로운 작가와 책의 발견은 큰 기쁨이었다.

몇 가지를 참고로 더 밝히자면, 노먼이 머리카락 색으로 놀림을 받곤 하는데, 생강색 머리카락은 진짜 생강보다는 붉은색이 더 도는, 빨강 머리에 가까운 색으로, 서양에서는 머리카락이 생강색인 사람을 두고 괴팍하거나 색을 밝힌다고 말한다.

이 책의 원제는 『The Uncommon Reader』로, 'common'에는 영국에서 '왕족이 아닌, 평민의'라는 뜻도 포함되어 있으므로, 'uncommon'은 그에 반대되는 뜻으로 볼 수도 있다. 한편 'common reader'를 하나의 의미로 보면 학자나 비평가가 아닌 즐거움을 위해 책을 읽는 사람을 뜻하기도 하니, 그 반대의 뜻으로 볼 수도 있다. 아니, 책에서도 말하듯 이제는 아무도 책을 읽지 않으니 '책을 읽는 사람' 자체가 '일반적이지 않다'고 지은이가 던지는 걱정과 충고인지도 모른다.

2010년 여름

조동섭

지은이 **앨런 베넷**
영국의 극작가이자 소설가. 1934년 영국 요크셔에서 태어나 케임브리지 대학교와 옥스퍼드 대학교에서 역사학을 공부했다. 수많은 연극, 영화, 텔레비전 드라마의 극본을 썼으며, 이들 작품으로 영국 아카데미 상, 토니 상, 비평가협회상, 로렌스 올리비에 상, 뉴욕 드라마 비평상 등 다양한 상을 수상했다. 2007년 발표한 소설 『일반적이지 않은 독자』는 영국 아마존 베스트셀러에 올랐으며 전 세계 삼십여 개국에 번역, 출간되었다.

옮긴이 **조동섭**
서울대학교 신문학과를 졸업하고 한양대학교 대학원에서 영화를 공부했다. 번역가와 문화평론가로 일하고 있다. 옮긴 책으로 『정키』 『퀴어』 『싱글 맨』 『신사 고양이』 『브로크백 마운틴』 『아웃사이더 예찬』 『심플 플랜』 『아이 러브 유, 필립 모리스』 등이 있다.

문학동네 세계문학
일반적이지 않은 독자

1판 1쇄 2010년 7월 27일 | 1판 2쇄 2021년 7월 7일

지은이 앨런 베넷 | 옮긴이 조동섭
책임편집 이현자 | **편집** 오영나 | **독자 모니터** 강정은 | **디자인** 윤종윤 이원경
저작권 김지영 이영은 | **마케팅** 정민호 정진아 김혜연 정유선
홍보 김희숙 김상만 함유지 김현지 이소정 이미희 박지원
제작 강신은 김동욱 임현식 | **제작처** (주)상지사P&B

펴낸곳 (주)문학동네 | **펴낸이** 염현숙
출판등록 1993년 10월 22일 제406-2003-000045호
주소 10881 경기도 파주시 회동길 210
전자우편 editor@munhak.com | 대표전화 031) 955-8888 | 팩스 031) 955-8855
문의전화 031) 955-8896(마케팅) 031) 955-2634(편집)
문학동네카페 http://cafe.naver.com/mhdn | 트위터 @munhakdongne
북클럽문학동네 http://bookclubmunhak.com

ISBN 978-89-546-1157-2 03840

www.munhak.com